奇怪的知识又增加了

身体、大脑和鼻屎

[英] 保罗·伊恩·克罗斯 著

[英] 史蒂夫·布朗 绘

门雪洁 译

中国纺织出版社有限公司

Bodies, Brains and Bogies

Text copyright © 2022 Paul Ian Cross

Illustration copyright © 2022 Welbeck Publishing Limited

Simplified Chinese translation copyright © 2024 by Beijing Fast Reading Culture Media Co., Ltd.

著作权合同登记号：图字：01-2024-0166

图书在版编目（CIP）数据

身体、大脑和鼻屎 /（英）保罗·伊恩·克罗斯著；（英）史蒂夫·布朗绘；门雪洁译 . -- 北京：中国纺织出版社有限公司, 2024.4

（奇怪的知识又增加了）

ISBN 978-7-5229-1304-9

Ⅰ . ①身… Ⅱ . ①保… ②史… ③门… Ⅲ . ①儿童故事—图画故事—英国—现代 Ⅳ . ① I561.85

中国国家版本馆 CIP 数据核字 (2024) 第 009243 号

责任编辑：向 隽 林双双 责任校对：王蕙莹
责任印制：储志伟

中国纺织出版社有限公司出版发行
地址：北京市朝阳区百子湾东里A407号楼 邮政编码：100124
销售电话：010—67004422 传真：010—87155801
http://www.c-textilep.com
中国纺织出版社天猫旗舰店
官方微博 http://weibo.com/2119887771
天津联城印刷有限公司印刷 各地新华书店经销
2024年4月第1版第1次印刷
开本：880×1230 1/32 印张：6.5
字数：90千字 定价：128.00元（全3册）

凡购本书，如有缺页、倒页、脱页，由本社图书营销中心调换

所有你需要知道的奇怪又迷人的
人体知识都在这里！
谨以此书献给我的高中生物老师——
阿莫夫人。
谢谢您鼓励我追求自己所热爱的事情。
没有您，
我不可能成为一名科学家！

目 录

第 1 章

奇妙的解剖学

我们的身体很奇怪，

我们的大脑更奇怪。

那我们的鼻屎呢？好吧，它们有点恶心。

虽然身体很奇怪，甚至有点恶心，但每个人的身体都是独一无二的。这个世界上，没有和你一样的人。事实上，整个宇宙都没有和你一样的人。

是什么造就了人类

解剖学是生物学的一个分支，主要研究生物体的结构及其不同的部分。解剖学（anatomy）这个词来自古希腊语里的"ana"（意思是"分成小块"）和"tomia"（意思是"切割"）。

把这两个单词放在一起，你就得到了——

咚咚咚……分成小块，开始切割。

等一下！让我们再试一次。

把这两个词互换一下，你就有了——

咚咚咚……开始切割，分成小块。

过去的人们通过解剖了解人体结构，并经过验证汇总成一门学科，这才有了我们现在所掌握的有关人体的一切知识！

人类的身体是大自然的奇迹。但你知道吗？人类早期最奇怪的进化技巧之一，就是保持寻找超级恶心的东西的冲动。

根据科学家的说法，恶心的感觉对早期人类的生存至关重要。它能保护人类不碰或不吃不该吃的东西，帮助早期人类远离了很多危险。

想想散发着恶臭味的便便。当人们感到恶心时，就不会把手伸向便便。事实证明，这对人类的健康大有好处。因为便便里潜伏着很多恶心的东西，比如细菌。

呕！

因此，恶心的东西是有用的，甚至是有益的！

在这本书中，你将了解——

屁的真相

脚指甲的那些事儿

黏糊糊的分泌物

还有更多！

做好准备，"恶心之旅"就要开始了！下面的**恶心容忍度量表**可以帮助你随时检查所感受到的恶心程度。

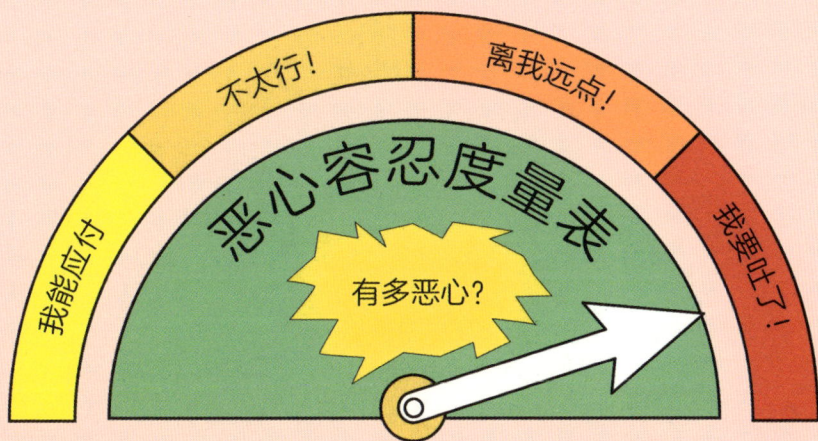

不太行！

离我远点！

我能应付

恶心容忍度量表

有多恶心？

我要吐了！

什么是解剖学

　　解剖学是对生命内部结构的研究，正是这些人体器官构成了**人类的身体**！你能回答以下关于人体器官的问题吗？来试试吧！

身体部位之谜

Q1：人体最强壮的肌肉是哪一块？

Q2：人体最大的器官是什么？

Q3：是什么让人的心脏发出声音？

Q4：你知道人体最大的内脏器官是什么吗？

Q5：人体的哪部分骨骼结构告诉我们，人类曾经有尾巴？

把这一页倒过来
看看答案！

答案：Q1：舌头　Q2：皮肤　Q3：瓣膜
Q4：肝脏　Q5：尾骨

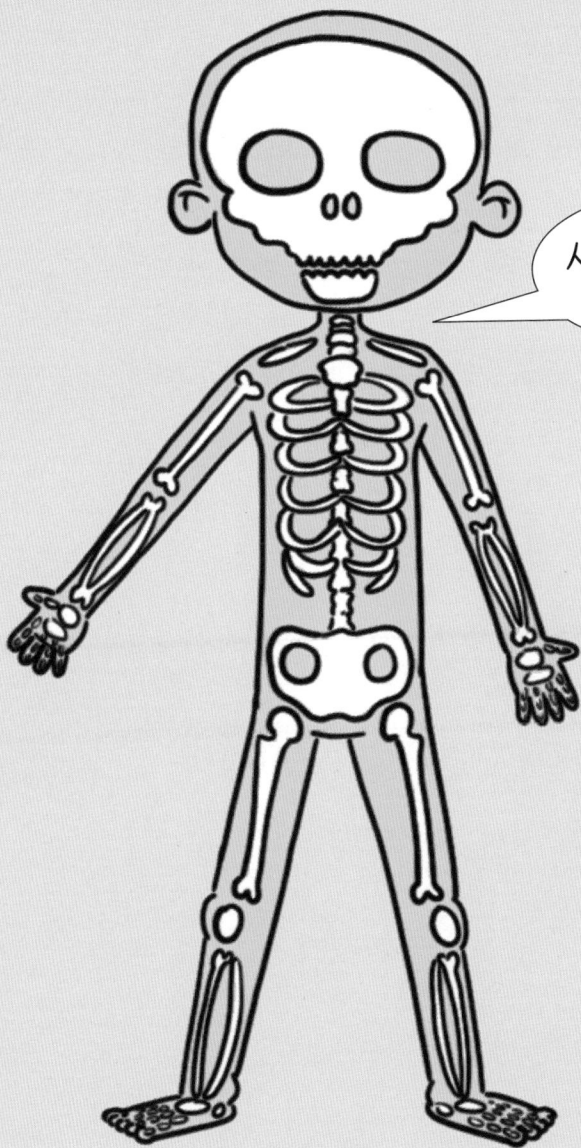

人体的构造可真奇妙!

人类的身体很奇妙，就像一台通过反复试验、不断完善的精密机器。

　　现在，请看一下你的手，然后把手举到你的面前。

　　接着，动一动你的大拇指。这时，你看到的是数百万年进化的结果！无论是在发短信、玩游戏，还是在涂鸦，手都是你适应现代生活必不可少的"装备"。人类的大拇指——是的，那两根看似不起眼的骨头——就是现代人类进化到可以创作音乐、建造城市、驾驶飞机，甚至去月球旅行的关键。

你的大拇指
真的改变了
世界！

好吧，不是你的大拇指——尽管它们可能很可爱——而是人类的大拇指改变了世界。人类的大拇指对开启人类文明，抑或让人类文明从地球上消失，起到了决定性作用。这听起来也许有些夸张，但是道理你懂的。

事实证明，较短的大拇指和较长的手指协作有助于攀岩。但人类的手并不是从一开始就是现在的构造。当人类的祖先从树上迁移到大草原后，他们开始以不同的方式使用双手。这一过程改变了手的构造，最终人类的抓握能力得到了很大的提高。

许多灵长类动物都可以精确而有力地抓握，但早期人类更胜一筹，他们用手制造工具，并在此过程中使大拇指的功能得到了强化。

抓握小·练习

这些都是人类能做到的事情，感谢我们神奇的大拇指吧！

☑ 写字（手拿铅笔）。

☑ 绘画（手握画笔）。

☑ 吹萨克斯或弹钢琴（灵活使用手指）。

☑ 使用VR（虚拟现实）眼镜和手柄玩游戏（锻炼手眼协调）。

来认识一下早期原始人类——露西

原始人类是人科的一员。人科包括猩猩亚科和人亚科，比如猩猩、大猩猩、黑猩猩和人类。通过研究过去的人类，我们可以看到人类的身体是如何进化的，这有助于解释为什么一些早期人类比其他人科动物厉害。

"露西"是人类著名的早期祖先之一，一个属于阿法南方古猿家族的原始人类。她的英文名读作：奥斯卓露皮西科斯（Australopithecus）。

呃……太难读了，我们还是叫她"露西"吧！

1974年，人类学家唐纳德·约翰森博士在埃塞俄比亚阿瓦什山谷的哈达尔遗址发现了露西的骨骼化石。唐纳德以他最喜欢的乐队"披头士"的歌曲《露西在缀满钻石的天空》来命名露西，这首歌在当时非常流行。

露西去世时已经成年，但她的身高只有110厘米左右，相当于一个四五岁的现代人类女孩的身高。她是两足动物，这意味着她可以用两条腿行走，但她爬树的时候可能会更吃力一些。

有趣的事实

☀ 在生物学中，我们用拉丁名称来描述不同动物的科和种。

☀ 猩猩（orangutan）一词来自马来语的"orang"（意思是"人"）和"hutan"（意思是"森林"）。它们真的是"森林中的人"！

露西和其他跟她一样的早期人类之所以对科学如此重要，是因为他们可能是大约320万年前最早能制造简单工具的原始人类之一。

使用这些工具让人类的身体结构发生了重大的变化，最终产生了**人类文明**！

现代人类

历经数百万年，早期人类才开始使用更复杂的工具，这需要更好的手眼协调能力。想象一下，拿起棒球棒挥向一个移动的球，这个动作需要手眼协调才能做到。

能使用复杂工具意味着早期人类已经开始学习并掌握解决问题的技能，这需要更强大的大脑去推动认知能力的发展，即通过思考、经验和感觉获得知识。

培养认知能力是帮助早期人类发展语言能力至关重要的一步！我们可以想象一下，早期人类说的第一句话是什么样子……

> 我。粉碎。
> 野兽。我。拿到。
> 好吃，好吃！

随着人类的发展，人类比其他早期人科动物更具有竞争优势。也许是因为人类更擅长狩猎，或是人类生活的地方有更多的食物。不管是什么原因，这些优势让晚期智人——**现代人类接管了世界。**此处应该有笑声……

哇哈哈哈哈哈哈！

多亏了大拇指，让早期人类更擅长抓握东西，进而成功地发育出了更强大的大脑。进而帮助人类战胜了其他物种，彻底改变了历史的进程。

如果这都不值得**竖个大拇指，**那还有什么事是值得的呢？

生物进化论

进化是生物适应环境的方式，生物经过数代繁衍生息，通过优化改进特征来助于自身生存。

早期人类有很多类型，有些人科动物比其他人科动物做得更好。现代人类与尼安德特人和丹尼索瓦人等其他人科动物一起生活，但最终现代人类更适应环境，在竞争中淘汰了其他物种。可以这么理解，现代人类获得了金牌，尼安德特人获得了银牌，丹尼索瓦人获得了铜牌，而其他人科动物什么都没有得到。不幸的是，在这场进化的竞赛中，任何次于金牌的物种都意味着被淘汰。

人体是由什么构成的

人体是由很多块"生命积木"构成的。

神奇的原子：和大多数物质一样，人体中有很多原子。同一类原子总称为元素，人体的元素包括：

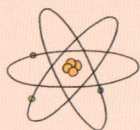
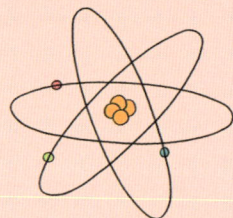
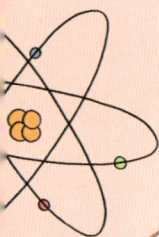

氮

氧

钾

碳

氢

钠

钙

磷

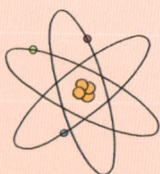
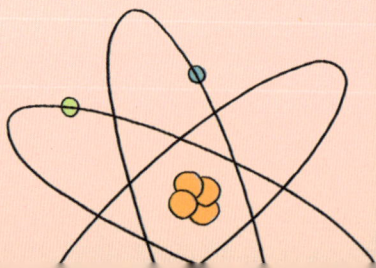

超酷的细胞：构成人体的基本单位是细胞。我们每个人都有超过40万亿个细胞！顺便说一下，这个数量是地球人口总数的5 000多倍！细胞有很多种，它们都有自己独特的功能，既有感知光线的视细胞，也有创造新生命的精子细胞和卵细胞。

极好的组织：把所有执行相同工作的细胞集合起来，就能形成组织，比如皮肤组织。很多组织是固态的，也有些是半固态的，还有一些是液态的，比如血液。

优秀的器官：不同类型的组织结合在一起，就能形成更大的器官，如心脏、大脑、肝脏和肾脏。

超级系统：人体由运动系统、消化系统、呼吸系统等八大系统组成，每个系统都有各自的分工，以保证人体运行的最佳状态！

所有这一切构成了**一个人。**

超酷的细胞

人体内有超过200种细胞，如神经细胞、血细胞、毛细胞、骨细胞、脂肪细胞，还有和眼睛相关的视细胞……

视细胞分为两种类型，即视杆细胞和视锥细胞。视杆细胞帮助我们在光线不足的情况下看清事物，而视锥细胞让我们能分辨颜色。这些"光感受器"检测光线，将其转换为电信号，这些电信号穿过神经元到达视神经。人类的眼睛是已知的最先进的相机，比最新款的智能手机还要厉害。

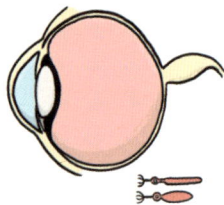

脂肪细胞对于能量储存很重要，主要存在于皮下和器官周围。现在我们已经知道，器官周围脂肪细胞太多的话不利于保持身体健康，而有氧运动能控制脂肪细胞的数量，因此定期进行有氧运动很重要。

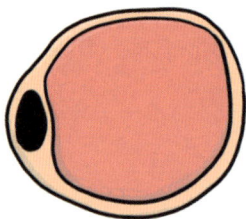

血细胞是存在于血液中的细胞。其作用主要是运输氧气和营养物质，并维持免疫系统的正常功能。

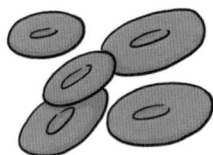

神经元是向身体各个部位传递信号的神经细胞。它们构成了神经系统，并连接了人体的"超级计算机"——聪明的大脑。

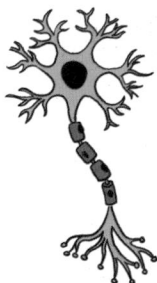

骨细胞是在骨髓中形成的，存在于骨骼结构的深处。随着细胞的生长，骨细胞会变硬，使骨骼变得健康又结实。骨髓是一种半固态组织，本质上是海绵组织。在鸟类和哺乳动物体内，骨髓是大多数血细胞产生的地方！

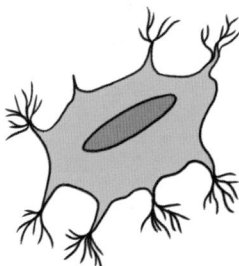

了不起的身体

　　支撑身体运作的主要有如下系统[①]，每个系统都有各自的分工！

皮肤、头发和指甲 　　　　肌肉 　　　　骨骼

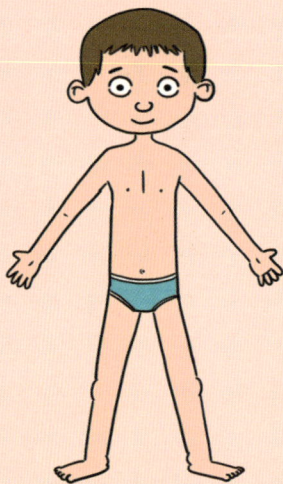 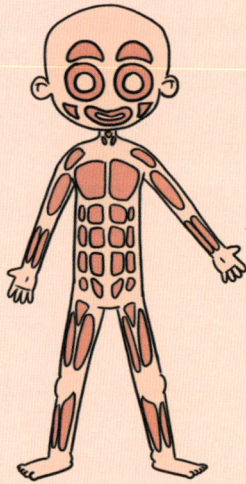 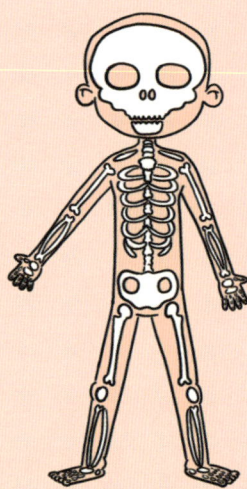

　　[①] 一般的教材中将人体分为八大系统，即运动系统、消化系统、呼吸系统、泌尿系统、生殖系统、内分泌系统、神经系统和循环系统。此处为了便于小读者理解，做了更细致的拆分。

消化系统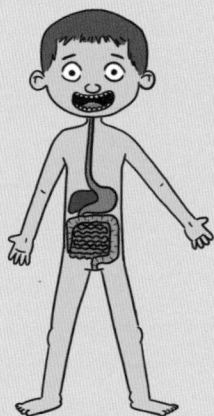

泌尿系统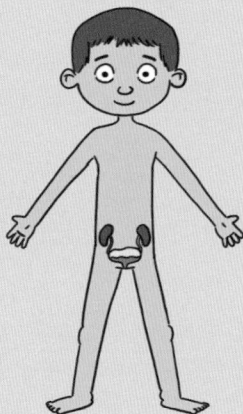

内分泌系统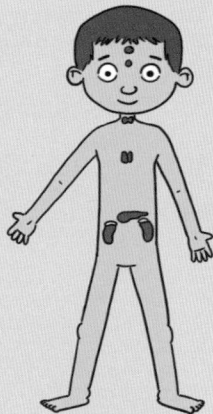

神经系统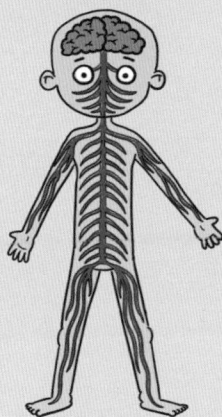

心血管系统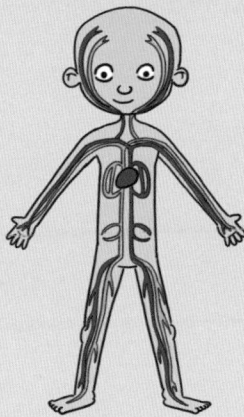

呼吸系统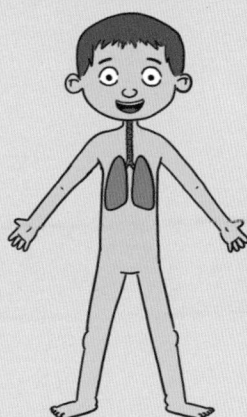

淋巴系统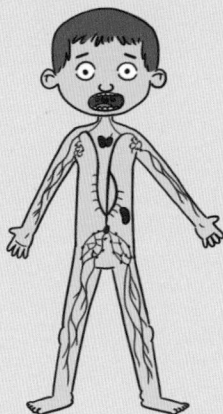

免疫系统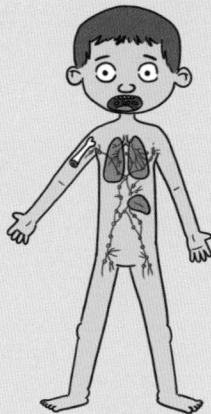

生殖系统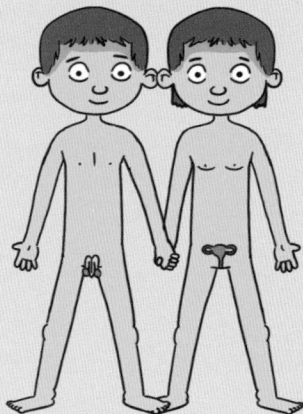

生命的循环

　　地球上的每一种生物都有其生命周期，有只能活1个星期的蚊子，也有活了30年左右的狮子，还有活到100多岁高龄仍然健康的老人！

　　生物学家普遍认为，要想被定义为生命体，必须具有以下关键的解剖学要素：

　　1. 运动：从细菌到树木，所有生物都在以各种方式运动。

　　2. 呼吸：吸收能量，消耗能量。

　　3. 感知：对热、光等条件有所反应。

　　4. 成长：生长、发展和变化。

　　5. 繁殖：把有用的特征复制并传给后代。

　　6. 排泄：排出废弃物，如大小便。

　　7. 营养：摄取或制作食物，吸收重要的营养物质。

　　具备了这7个要素，人类才能一代一代地进化，不断适应生存环境！

生命的消亡

　　每个有机体的生命周期都以死亡告终，这是个残酷的现实。失去亲近之人时，我们尤其难过，因此我们必须享受当下的每一刻，珍惜我们所爱之人。

　　换个角度想一想，当我们了解了这个奇妙的世界，知道每个人都是地球上发生的不可思议的故事中的一部分，我们就会意识到，经历生命的过程是多么特别和幸运的一件事。无论如何，我们都要爱惜自己的身体。

　　生命是可贵的，每个人都是独一无二的。人类经历了数百万年的进化，才有了现在的模样。人类在地球上呼吸、打嗝、放屁，而地球正绕着一个巨大的燃烧着的恒星——太阳运转，这真是令人难以置信。我们应该让每一天都过得有价值！

我们早晚都要离开这个世界！

23

你知道吗？

* 人的皮肤上有超过600种细菌。

* 牙齿被认为是骨骼的一部分，但它又不是骨头。

* 人的心脏每天大约跳动10万次。

* 人的身体有600多块肌肉。

* 人身上最长、最强壮的骨头是腿上的股骨。

* 人的手指甲比脚指甲长得快。

* 人每年分泌的唾液能装满2个浴缸。

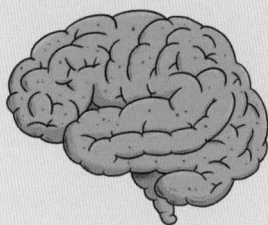

第 2 章

聪明的大脑

大脑是人类已知的最先进的"超级计算机"。它由巨大的网络联结组成，复杂到无法想象。

大脑这台"超级计算机"每秒能同时处理数十亿件事情！但它不是由塑料、金属或芯片制成的。

大脑是一团巨大的水状物体——又软又黏，皱皱巴巴，特别恶心，实际上70%是水，剩下的30%由蛋白质、脂肪、糖类和盐组成。

大脑的任务

多亏了聪明的大脑，人可以思考、看见、感知和记住周围的事物。

大脑的任务清单

人类的大脑由许多不同的部分组成。每个部分的分工不同。大脑的任务清单可能是这样的：

- ☑ 记得做作业（记忆）。

- ☑ 体验夏日的快乐（感受）。

- ☑ 在脑海中创造一个有趣的故事（想象）。

- ☑ 把脑海中有趣的故事写下来（动作和敏捷度）。

- ☑ 当一个坏人闯入你的房间并伸手抓你的时候——逃跑（应激反应）。

认识大脑

让我们来看看大脑中的不同部分，并了解每个部分的作用吧。

大脑由名为脑叶的团状物组成，包括如下部分：

· **额叶** 控制思维、语言、运动。

· **顶叶** 控制触感和痛感。

· **颞叶** 控制听力和认知。

· **枕叶** 帮助看清东西。

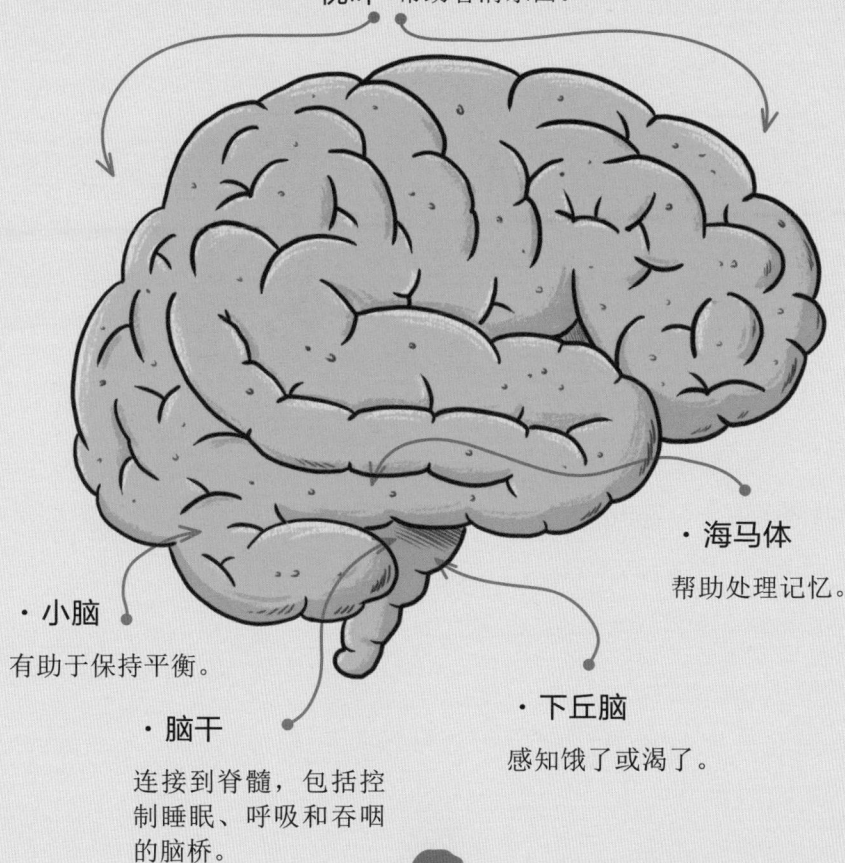

· **海马体**

帮助处理记忆。

· **小脑**

有助于保持平衡。

· **脑干**

连接到脊髓，包括控制睡眠、呼吸和吞咽的脑桥。

· **下丘脑**

感知饿了或渴了。

27

"神经（ｎｅｒｖｅ）"一词在希腊语中写作"neuro"，因此脑科学家一般被称为神经科学家（neuroscientists），脑外科医生被称为神经外科医生（neurosurgeons）。神经科学家们已经研究了人类脑部数百个新区域，他们每年都在进行更深入的学习和研究。

科学家们使用各种奇特的机器来观察人类的大脑，这对于检查疾病，比如脑肿瘤非常重要。我们熟知的CT扫描指的是计算机断层扫描，也就是对人的大脑拍摄一系列的X射线图像。

● 核磁共振成像（MRI）

MRI指的是核磁共振成像。核磁共振成像并非使用辐射，而是使用磁场捕捉图像。患者不可以携带任何金属物品进入核磁共振扫描仪。如果带了，金属物品就会因为强大的磁力而飞向机器。有人因为忘记口袋里有硬币而受了重伤，更糟糕的是还有人忘记告诉护士自己体内有金属植入物。磁力可以使植入物在体内移动，造成不可逆的伤害！

大脑是如何进化的

你知道现代人类的大脑比10万年前要小吗？可如果今天的人类更聪明，不是应该需要更大的大脑吗？这可不一定哦！

随着人类大脑的变化和发展，它们形成了很多凸起和褶皱，这意味着与平面大脑相比，它们有更大的表面积和更小的体积。

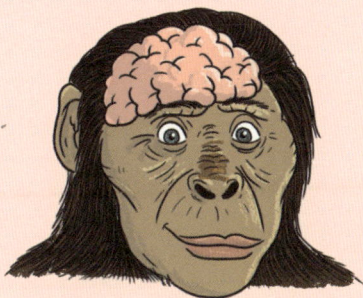

露西

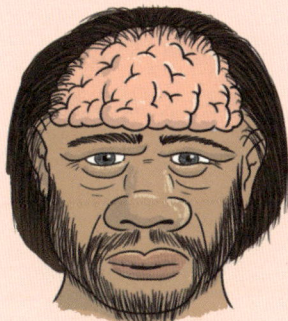

尼安德特人

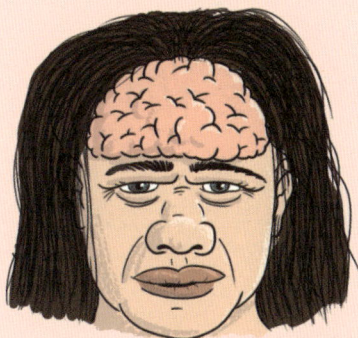

丹尼索瓦人

晚期智人

大脑的"零部件"

就像计算机需要很多零部件一样，大脑约有860亿个脑细胞，还有约800亿个支持大脑功能的其他细胞。大脑中的细胞可真多啊！脑细胞主要包括神经元和神经胶质细胞。

● 小心空隙

神经元并不会粘在一起，它们之间有微小的间隙，称为突触。电信号沿着神经元移动，而被称为神经递质的化学物质通过这个微小的间隙传播。

神经递质分好几种类型，它们以不同的方式影响人的情绪。血清素被称为"快乐的神经递质"，因为它能让人感觉良好。

当这些化学物质到达人体其他部位时，它们会打开下一个神经元，就像打开电灯的开关一样！然后，电信号继续它的旅程……

速度非常之快！

以大约442千米每小时的速度前进，和小型飞机一样快！

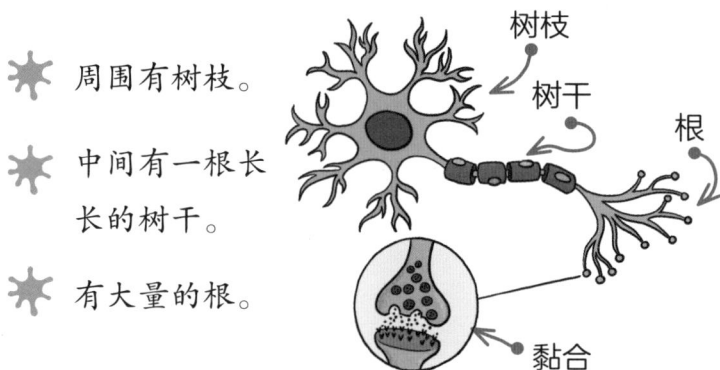

神经元看起来像树……

* 周围有树枝。

* 中间有一根长长的树干。

* 有大量的根。

树枝

树干

根

黏合

当细胞被激活时，电流沿着树枝和树干进入根部，这一切都发生在一瞬间。你的大脑黏糊糊的，还带电，很奇妙吧！

● 超级信号

大脑发出的信号会以闪电般的速度穿过神经系统。你的大脑主要通过3种方式完成工作：

1. 接收来自5种感官（视觉、嗅觉、听觉、味觉和触觉）的信号。

2. 将信号从大脑的一个部位传递到另一个部位。

3. 向身体的其他部位发送信号。

脊柱里的科学

神经系统将你的大脑和身体的其他部分连接起来。如果你的大脑让你做某事，就会向正确的地方发送正确的信号。信号离开大脑，然后通过脑干进入脊髓，信号在那里被发射到神经系统的某一树枝上。

有趣的事实

★ 大脑里约有100万亿个神经连接，大约是银河系中恒星数量的1 000倍！

★ 成人体内的神经长度可以达到72千米。

★ 人体内的神经可以像头发一样细，也可以像大拇指一样粗。

● 大脑也会发邮件

　　大脑发送信号有点类似于你给朋友发电子邮件。假设你是大脑，你的手是朋友。

敲键盘

敲键盘

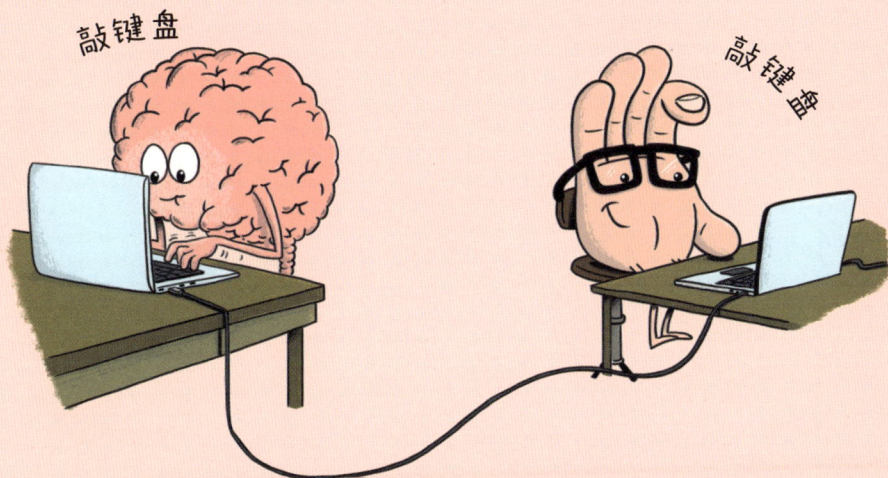

　　你发送一封写着"挥手"的电子邮件，"挥手"这一信息就会通过神经系统一路发送到你的手上。你的手打开信息并立即阅读，接收到信息就会挥手！

　　疼痛信号的传播刚好与此相反。假设你手里端着一只很热的杯子，差点烫到自己，这个信息就会从你的手传递到大脑。疼痛信号传递到大脑的速度是汽车在高速公路上行驶的4倍！它们需要快速移动，这样你的大脑才能告诉你要迅速放下杯子。别摔了！啪叽——哦！还是迟了一步。

科学脑还是艺术脑?

许多年前，一些科学家认为人类要么拥有科学家的头脑，要么拥有艺术家的头脑。但是实际情况真的是这样吗?

科学脑
· 借助语言思考
· 秩序
· 数学
· 事实
· 逻辑

艺术脑
· 注重感觉和可视化
· 想象力
· 直觉
· 节奏
· 艺术

● 所有人都能拥有"STEAM脑"

你知道什么是"STEM脑"吗? "STEM脑"指的是集科学、技术、工程和数学为一体的大脑，比"STEM脑"还要厉害的就是"STEAM脑"了! STEAM是指:

· 科学（Science）

· 技术（Technology）

· 工程（Engineering）

· 艺术（Arts）

· 数学（Mathematics）

"STEAM"比"STEM"多了一项艺术，比如音乐、舞蹈、戏剧、视觉艺术或设计。"STEM脑"和"STEAM脑"的主要区别在于，"STEM脑"侧重科学概念，而"STEAM脑"还包括艺术和创造力，比如用舞蹈学习数学，或者通过纸制模型了解病毒是如何工作的。

然而"STEAM脑"并不是什么新鲜事。达·芬奇就是以科学与艺术结合而闻名，他从中取得突破，并发现了新成果。"STEAM脑"可以让我们将学习与创造力结合起来。

其实我们都能既当科学家又当艺术家，虽然每个人有不同的性格和才能，但简单地将人的大脑归为某种类型并不科学。充分开发"STEAM脑"，将所有学科的思维方式相互结合才是最好的学习方法，每个人都可以同时在科学和艺术中有所收获！

感谢记忆力

　　还记得你过的最棒的生日吗？就是那种收到很多礼物和祝福的生日！那应该是你记忆中最美好的时刻吧？你之所以能够想起感到快乐的事情，重温那些美好的时刻，都是因为人有记忆力。

　　记忆力就像一本虚拟的剪贴簿：图像、经历和感觉都被存储在人的大脑中。人要做的就是回想某段记忆，然后发生过的事就会出现在人的脑海里。

　　聪明的大脑会想起那一刻所有的景象、声音、感觉和情绪。希望我们都有美好的回忆，当然有时也会有不

太好的回忆。

那么记忆力是如何工作的呢？

首先，人会经历一些事情，比如参加生日聚会时，你的神经元会开始闪烁。你的大脑会给这些记忆贴上"生日蛋糕""小丑"等标签，并将其归档。这些发生的事情会被短期存储，随着时间的推移，再被转移到长期存储的模块中。一旦形成长期记忆，那些被称为"生日蛋糕""小丑"的神经元会在需要的时候再次闪烁，让你重新体验一遍！

小丑只能记住"咯咯"笑！

大脑冻结

你是否有过吃了一大口冰激凌，突然感到头部有刺痛感的经历？这种情况就是脑冻结症，也被称为"冰激凌头痛"。

出现这种奇怪的感觉是因为你的大脑意识到温度的变化，以此来提醒你的身体做好准备。

或许大脑真的认为你回到了冰河时代，与生活在洞穴中的族人和宠物猛犸象米莉在一起。人的大脑不会让人轻易冻死，而是会迅速增加血液的流动，让人的行动慢下来。如果在极低的温度下做太多事情，穴居人很快就会感到疲倦，而且可能坚持不了多久。

大脑冻结就像踩刹车。好在如果是在炎热的海滩上吃冰激凌，大脑冻结的感觉很快就会消失！

聪明的大脑

你知道吗?

☀ 孩子几乎50%的能量都被用来支持大脑的活动。

☀ 大声朗读或默读会用到大脑的不同部位。

☀ 运动对人的大脑和身体都有好处。

☀ 随着年龄的增长,那些较少使用大脑的人会逐渐失去大脑物质。因此要把大脑用起来,不然你就会失去它。

☀ 充足的睡眠对于记忆力非常重要。

☀ 当人们看到所爱之人的照片时,大脑的部分区域会亮起来!哇欧!

☀ 当人醒着的时候,大脑产生的能量足以点亮一个小灯泡!好亮!

是真是假？

你只用了10%的大脑！

假的！这是个误区。事实上，大多数时间，你都使用了大部分的大脑，我们每个人都一样。

绦虫的故事

来认识一下猪肉绦虫吧，这是一种绦虫，人类会通过食用被其虫卵污染的猪肉而感染绦虫。有时，幼虫（绦虫宝宝）会进入人类的**大脑**，对大脑造成损害，并引发可怕的癫痫！

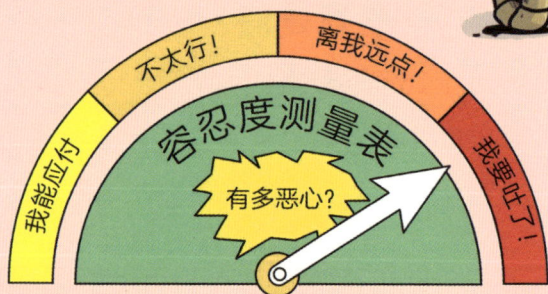

嗝！

这就是我所说的精神食粮！

不太行！

离我远点！

我能应付

容忍度测量表

有多恶心？

我要吐了！

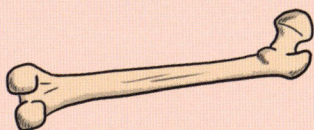

第 3 章

向骨骼致敬

骨骼支撑和塑造了人的身体。

人体由206块骨头组成，奇妙的骨骼构造对于人体的活动必不可少，比如跳绳、跳舞、放风筝，甚至从山上滚下来。

骨骼构造对于保护我们的内脏器官也很重要，相当于一套保护人体安全的盔甲。

没有骨骼，身体就会坍塌成一堆。但骨骼又不像我们想象得那么僵硬，强健的骨骼之间有着灵活的关节，可以让身体以令人难以置信的方式活动。

颅骨

颅骨很酷，容纳着人类聪明的大脑，保护着独一无二的我们。可以把颅骨想象成一面盾牌，它正保护着大脑的组织和液体。

颅骨由多少块骨头组成?
1块?

不对!

颅骨由**23块**不同的骨骼组成，它们像拼图一样连在一起。

这些颅骨直到婴儿出生后才会连在一起。你可能不信，如果婴儿的颅骨在出生前就连在了一起，那么婴儿的头将无法通过妈妈的产道。婴儿的头需要足够柔韧，才能从妈妈的身体里钻出来。婴儿出生的时候都是湿湿软软的。

一旦婴儿长大，这些颅骨就会连接在一起，变得像石头一样坚硬。颅骨中唯一还能活动的部分是下巴，否则吃饭的时候就不能大快朵颐了！

骨胶原蛋白

骨骼内部有一种叫作骨胶原蛋白的物质，是人体内最常见的蛋白质，约占人体蛋白质的30%。胶原蛋白是骨骼、肌肉、皮肤和肌腱健康所必需的物质。胶原蛋白会随着时间而流失，需要及时补充。完全吸收骨骼中的胶原蛋白可能需要数年时间。

● 令人难以置信的化石

我们从骨骼中了解了很多关于人类进化的知识。看看露西的手，就知道我们奇妙的大拇指是如何发育的。通过与尼安德特人和丹尼索瓦人的颅骨进行比较，科学家知道了现代人类是如何赢得进化比赛的。骨骼还让现代人类对灭绝了数千年甚至数百万年的动物有了更深的了解，比如长毛象和恐龙。

给狗一根骨头

为什么狗那么喜欢骨头呢？可能是因为它们太喜欢由胶原蛋白组成的多汁的骨髓了。

骨骼的形状和大小各不相同，这取决于它们在身体中的位置。

* 像大腿骨（股骨）这样的长骨支撑着身体的重量。

* 短骨（跗骨）为手和脚提供稳定性。

* 像肩胛骨这样的扁平骨骼，起到了保护重要器官的作用。

* 不规则的骨骼形状复杂，功能多样。想想你的脊椎。

* 籽骨，如膝盖骨（髌骨）可以保护肌腱和关节免受磨损。

从大到小

人体内最长、最强壮的骨头是股骨。

最小的骨头是中耳的3块骨头，它们分别是锤骨、砧骨和镫骨。

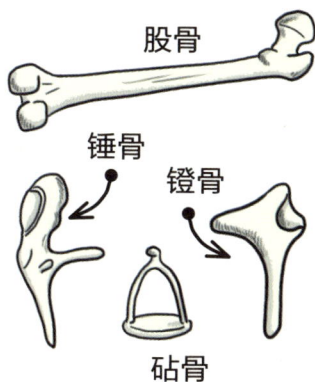

股骨

锤骨

镫骨

砧骨

迄今为止发现的最大的大腿骨，来自一种叫阿根廷龙的蜥脚类恐龙。阿根廷龙的学名可直译为"来自阿根廷的蜥蜴"，以最初发现它的地方命名。这种恐龙的大腿骨比人类的平均身高还要长！

脊柱

构成人体中轴的是颅骨下方的脊柱，而脊柱由椎骨连接而成。成人一般有26块椎骨。脊柱可以保护脊髓，也是连接聪明的大脑和身体其他部分的重要环节。如果脊髓受损，大脑就不能再和身体交流了，这会使人瘫痪，即失去部分或全部身体活动的能力。因此，脊柱是人体非常重要的骨骼。

● 脊柱如何弯曲

多亏了这些名为椎骨的小骨头，人类才能轻松地完成弯腰等动作。但人类的椎骨与蟒蛇相比就相形见绌了，蟒蛇约有1 800块骨头，其中椎骨就有400多块！

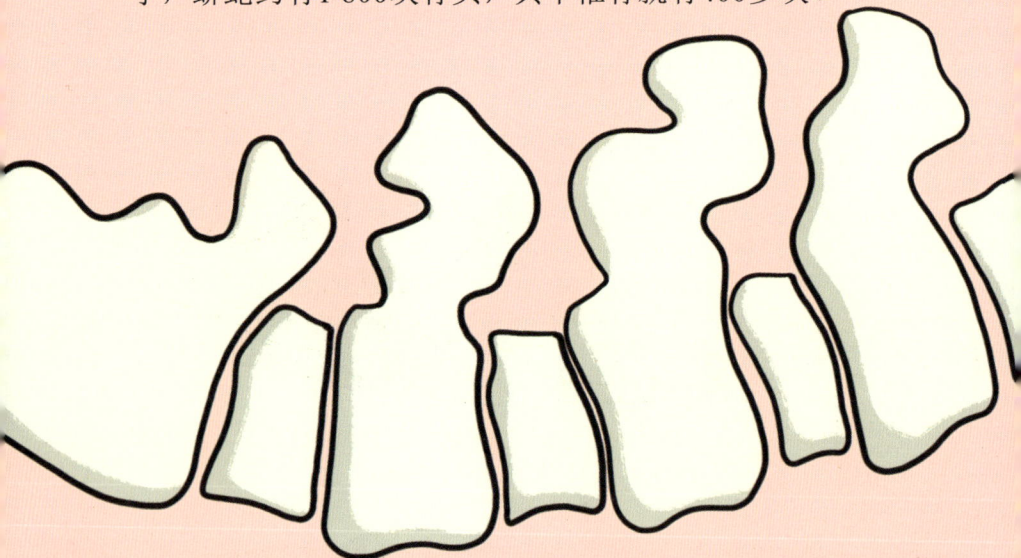

● 所有的动物都有脊柱吗

　　有脊柱的动物被称为脊椎动物。但并不是所有的动物都有脊柱。没有脊柱的动物被称为无脊椎动物，地球上大约97%的动物都属于无脊椎动物，包括苍蝇、水母等各种软软的生物。这就意味着剩下包括人类在内的3%的动物是脊椎动物，我们都是脊椎动物俱乐部的一员！

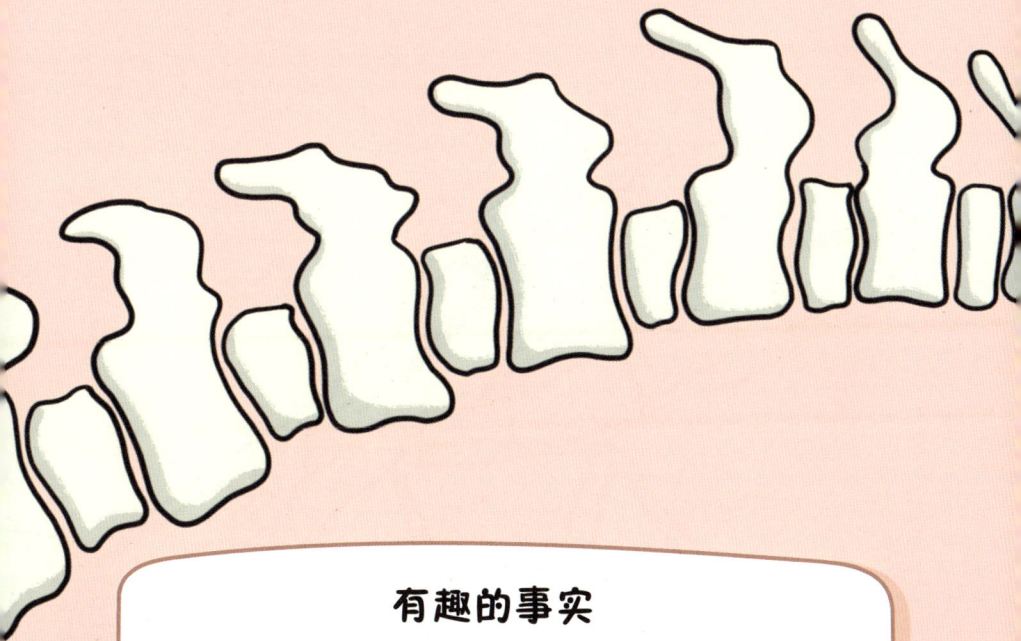

有趣的事实

✳ 人类的椎骨和长颈鹿脖子上的椎骨数量相同！

✳ 成人的脊髓重约35克，相当于一颗小鸡蛋的重量。

✳ 尾骨的形状很像布谷鸟的嘴！

绝妙的双手

　　人类的双手也由很多骨头构成，这是因为人类需要用手进行特定的活动。这一切都要追溯到人类大拇指的发育、进化过程，随着时间的推移，人的手变得越来越复杂。

　　仅手腕就有8根不同的骨头，手指上的骨头就更多了。

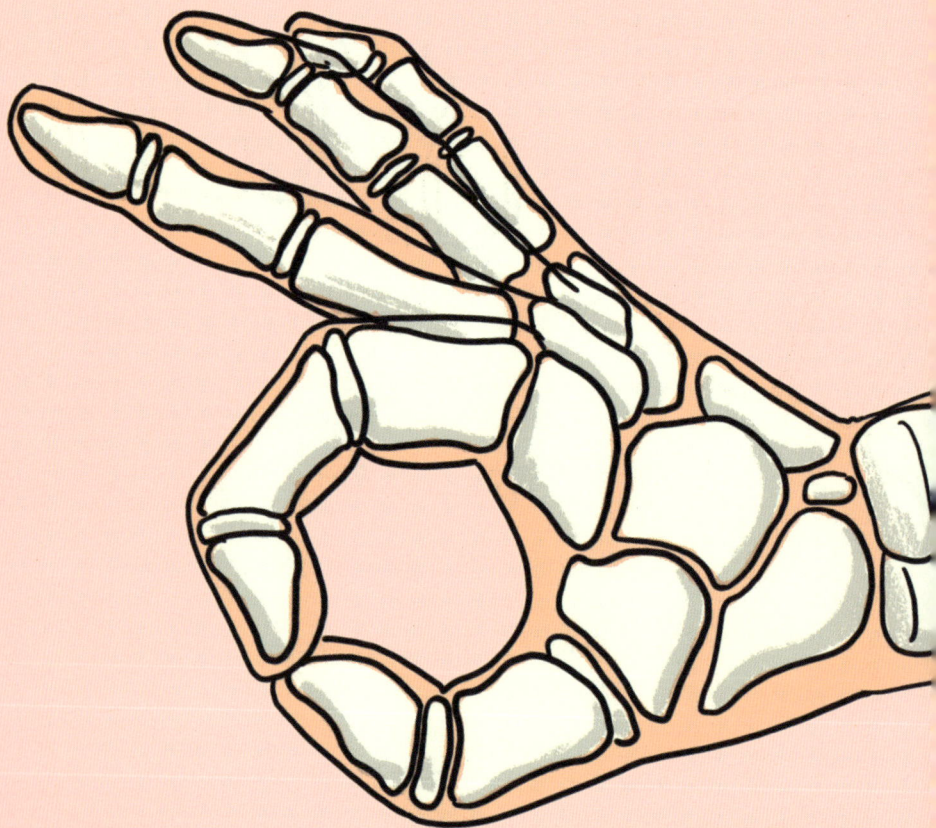

虽说人类奇妙的大拇指起到了极大的作用，但大拇指上其实没有太多块骨头。但是众所周知，少即是多。多亏这些漂亮的骨头，大拇指是所有手指中最强壮的。

　　你有没有想过，为什么你的手指长度不同呢？与其他猿类相比，人类的手掌更小，手指也更短。不同长度的手指让人类可以用**超强的力量**抓握东西。

给脚穿上袜子

人类的脚比表面看起来要复杂得多。别忘了，双脚需要支撑我们整个身体的重量。

脚的灵活性可以让人的体重以不同的方式分散，无论是踮着脚尖，还是为了上学不迟到而跑着冲向公交车，脚都可以做到。

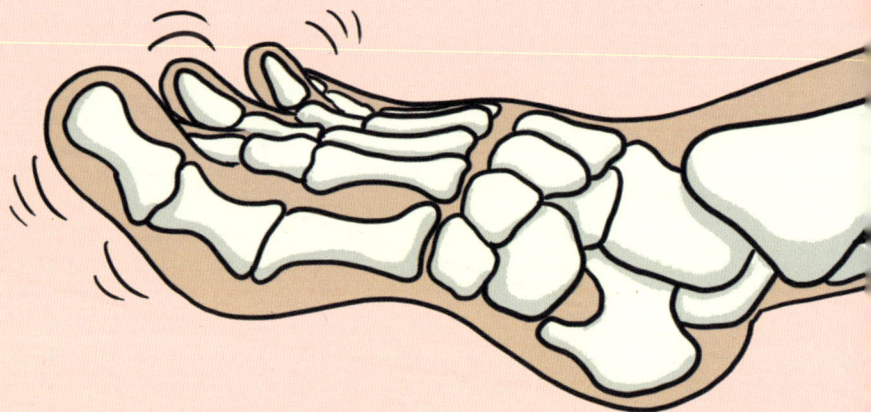

● 脚尖演奏的美妙音乐

德国音乐家费利克斯·克里泽出生时就没了手臂，但他一直想演奏乐器。从四岁起，他便尝试用脚趾演奏，自学了法国圆号！他用左脚控制阀键，演奏出来自脚尖上的美妙音乐。

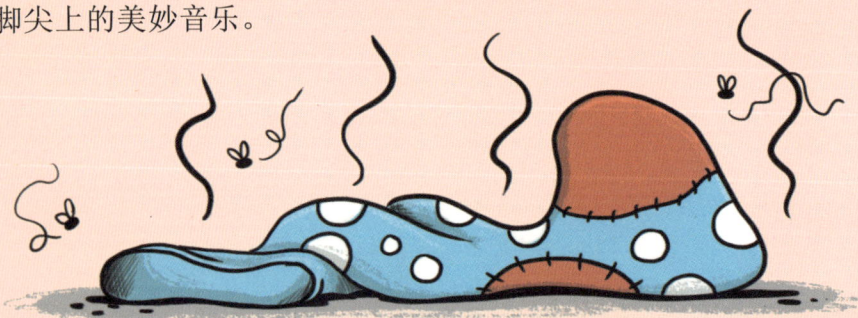

● 奇妙的脚趾

人在走路时，脚趾起到了很重要的支撑作用。但实际上人是用腿的力量带动足部再用脚掌走路的，不像猫那样用脚趾走路。

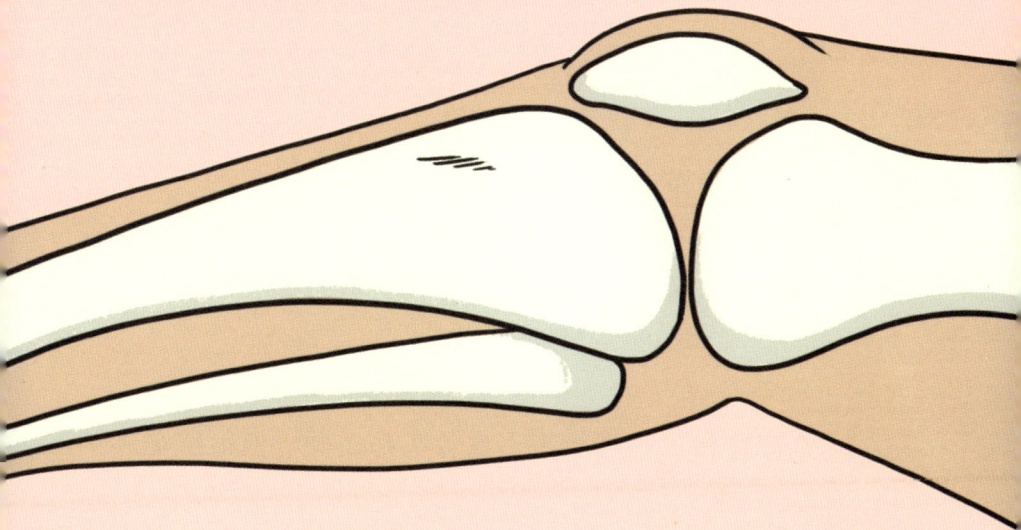

有趣的事实

☀ 人每天一般步行8 000至10 000步。人的一生大约步行18.5万千米！

☀ 脚部有超过8 000条神经。

☀ 人的脚上有超过25万个汗腺，每天流出约280毫升的汗液。这就是脚会臭的原因！

关节

关节是连接骨头的组织。人体有约360个关节，可以分为很多不同的类型，比如：

* 滑膜关节，如膝盖上的关节。

* 球关节和窝关节，如臀部的关节。

* 铰链关节，如手指、肘部和脚趾的关节。

关节软骨： 这种组织不像骨头那么硬，但很结实，如同海绵一般。它是一种结缔组织，位于关节之间。

韧带： 连接骨头与骨头的另一种结缔组织。

肌腱： 一种非常强健和柔韧的组织，类似于绳子，能将人的骨骼与肌肉连接起来。

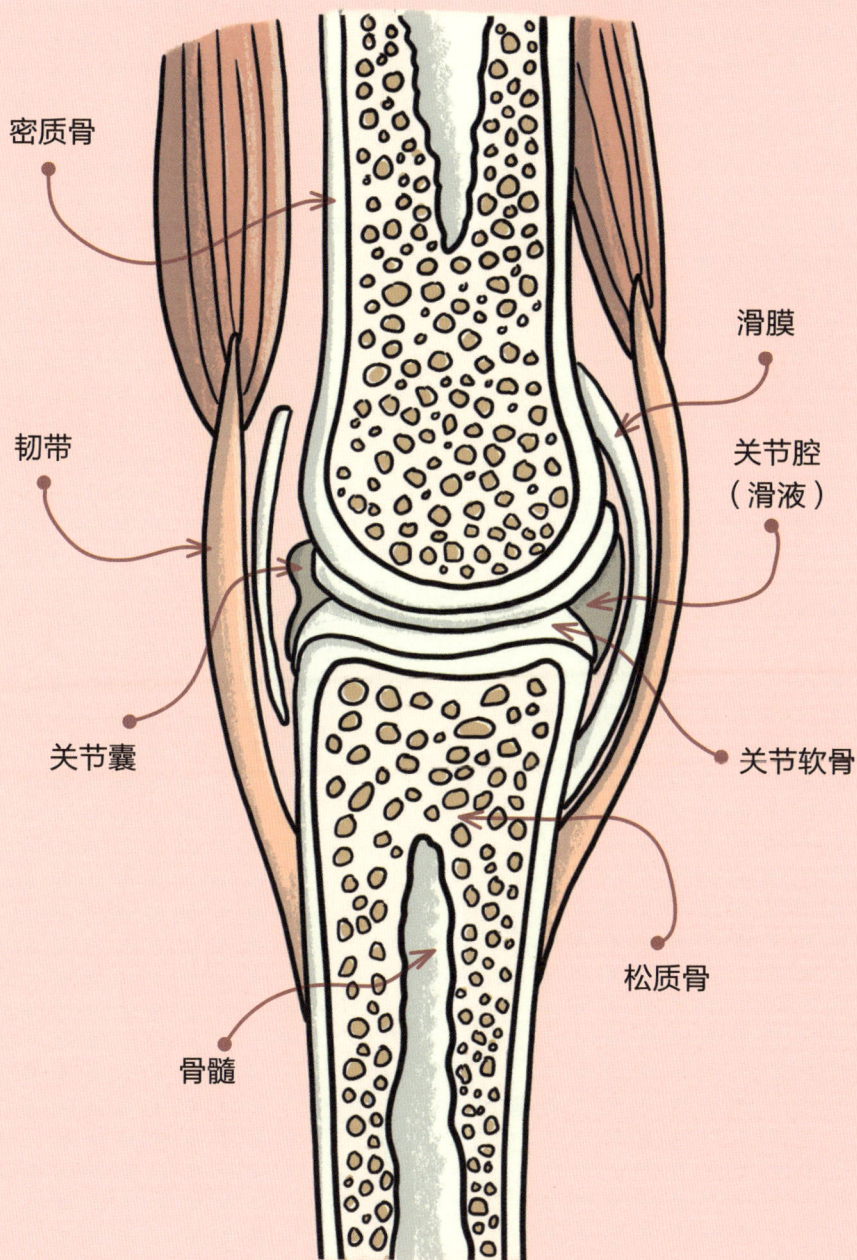

密质骨

滑膜

关节腔
（滑液）

韧带

关节囊

关节软骨

骨髓

松质骨

55

神奇的肌肉

肌肉位于骨骼之上、皮肤之下。肌肉可分为以下3种类型：

* 骨骼肌

* 平滑肌

* 心肌

肌肉在以下生命活动中很重要。

1. 人体活动：微笑、跑步、投球等；
2. 呼吸；
3. 饮食；
4. 向全身输送血液。

人体最小的肌肉在内耳，而最大的肌肉是臀部的臀大肌。

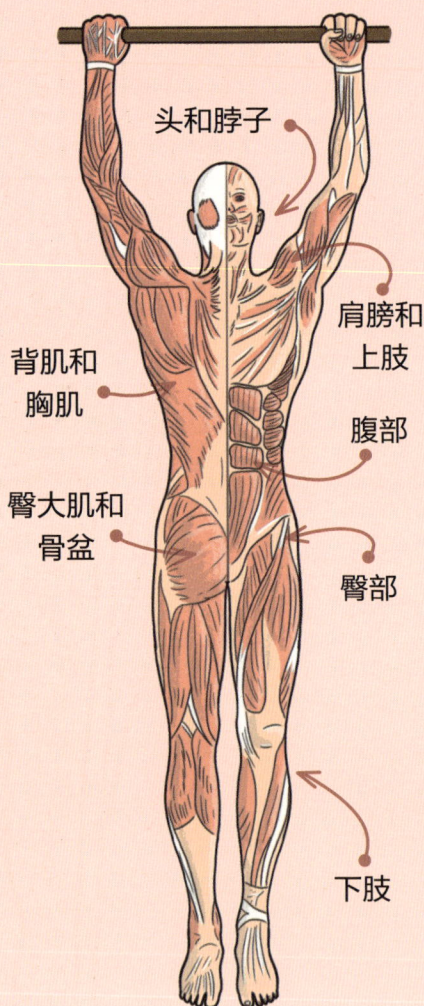

头和脖子

肩膀和上肢

腹部

背肌和胸肌

臀大肌和骨盆

臀部

下肢

● 让骨骼跳舞

让我们通过舞蹈来认识骨骼吧。请奏乐！

脚骨连着小腿骨，
小腿骨连着膝盖骨，
膝盖骨连着大腿骨，
这就是骨骼舞！

等一下，音乐先停一下……这完全是一派胡言。我们再试一次，好吗？

跟骨通过距骨连着股骨，
跖骨连着距骨，
趾骨连着跖骨，
这是脚部解剖舞！

呃……好像也不太容易记住。但至少这首歌里唱的都是准确的！

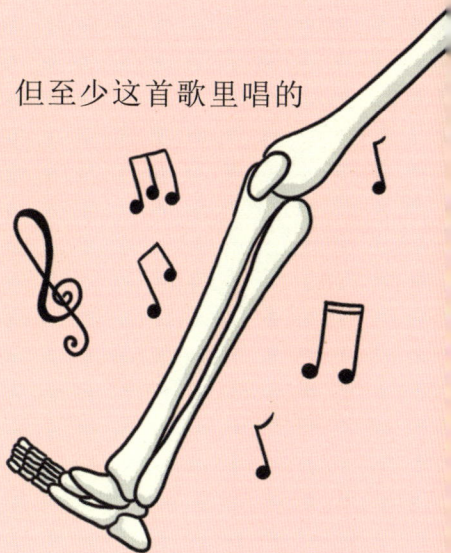

剑龙"苏菲"

剑龙"苏菲"生活在大约1亿年前，笨拙地行走在北美的亚热带森林里。2003年科学家发现这只剑龙的遗骨时，给它起了个名字——苏菲。

接下来，科学家们通过检查苏菲的骨骼了解到它是如何移动的，研究苏菲的下巴了解到它是如何进食的。通过测量苏菲的颅骨，科学家们还可以估计出它的大脑有多大。真是令人兴奋！

苏菲的大脑只有核桃那么大，和它约1.6吨的体重相比，真是太小了！

不太行！

离我远点！

我能应付

容忍度测量表

有多恶心？

我要吐了！

第 4 章

超级皮肤

皮肤是人体最大的器官，它把人包裹在一个防水的袋子里，就像一张保鲜膜，但效果更好！你有没有注意到，你的身体从来没有渗入过洗澡水？这要感谢你的皮肤。

这种奇妙的防水和无菌的屏障保护着人体内的一切。人可以通过触觉来感知，这要归功于皮肤上的触觉传感器。它还能帮助我们维持正常的体温，通过排出汗水来降温，或者告诉大脑我们需要用发抖来帮助身体暖和起来！

隔着厚厚的皮肤

皮肤，连同头发和指甲，形成了自己独特的身体系统。你知道头发和指甲是死皮细胞吗？没错，你的身体有一部分是"僵尸"，现在你知道了吧。

皮肤由皮肤细胞构成——皮肤细胞有很多，差不多有**1.6万亿个**！皮肤细胞每小时以数以百万计的速度更新和复制，替换数以百万计的旧细胞。旧细胞去哪里了呢？它们被称为**皮屑**，像一团恶心的云状物整天跟着我们，并且它们无处不在……

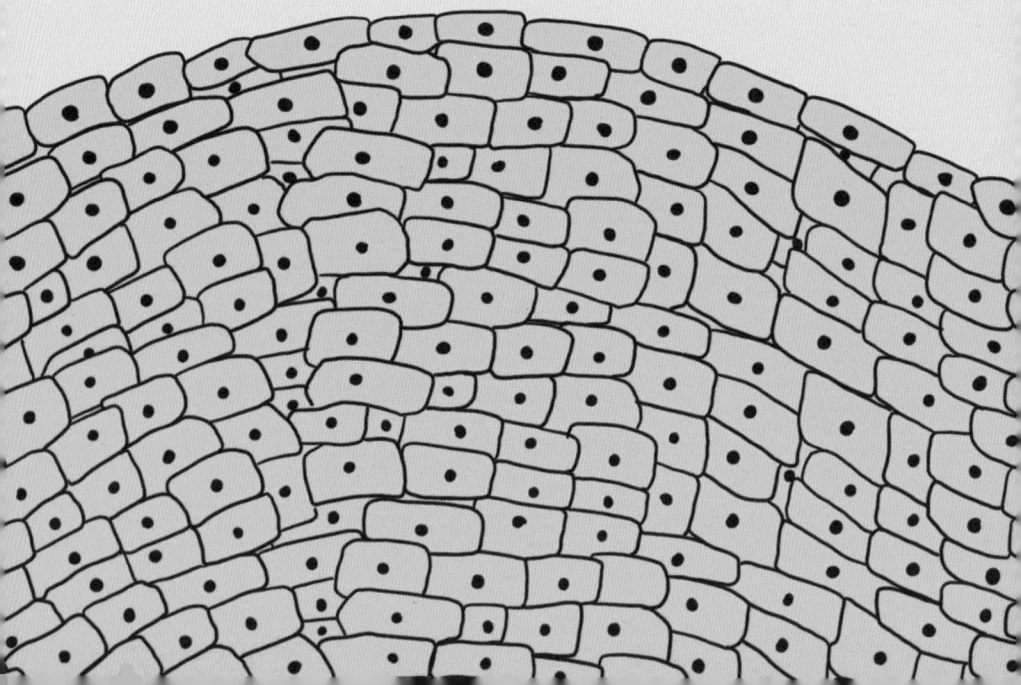

藏在皮肤里的真相

☀ 皮肤约占人体总重量的16%。

☀ 人脚底的皮肤最厚，眼皮的最薄！

☀ 人的皮肤每小时大约脱落4万个皮肤细胞。好多皮屑啊！

☀ 人的皮肤是1 000多种细菌的家园！

☀ 当人长时间泡在浴缸时，手指上的死皮细胞会吸收水分。这会导致皮肤表面膨胀，因此人的身体会通过使手指和脚趾的皮肤起皱来进行补偿。

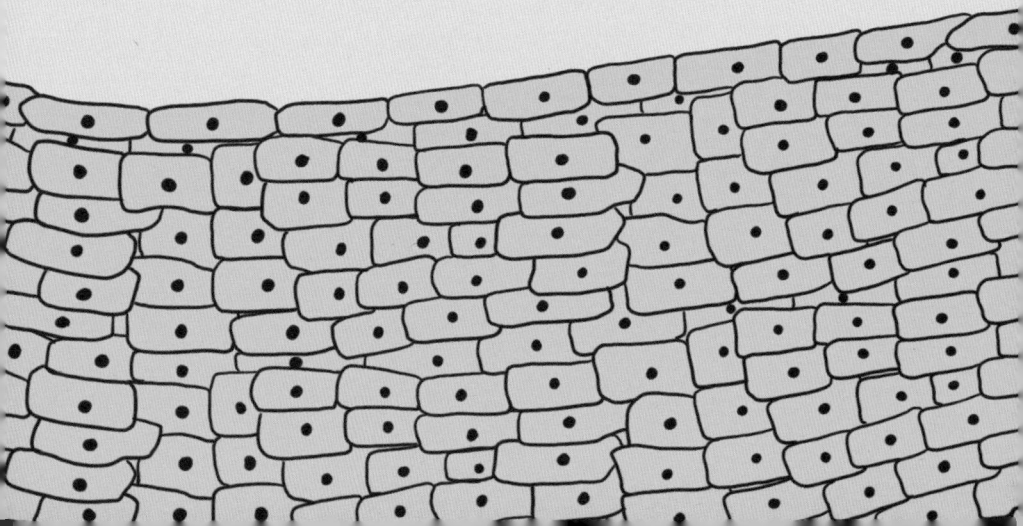

"多层蛋糕"

皮肤分为表皮层和真皮层，再加上缓冲压力、储存能量的皮下组织，看起来有点像多层蛋糕。

* 最外面是表皮层，一层薄薄的保护层，主要由死亡的鳞状细胞构成。

* 中间是真皮层，里面有丰富的血管和神经末梢。

* 最后一层是皮下组织，由它支撑着真皮层。毛发从皮肤表面的"深坑"，也就是毛囊里长出来。

表皮层：这是皮肤的最外层。能防水，也能让人的皮肤呈现出颜色，这取决于表皮中的黑色素水平，比如黑人表皮中的黑色素水平就比白人的高。

真皮层：第二层是最厚的一层，充满了血管、腺体、神经和触觉传感器。这一层包括一个子层，称为"手指层"，这一系列的脊纹让我们拥有了独一无二的指纹！

皮下组织：这是皮肤内部的基础，起到维持体温的作用。如果我们体内有太多脂肪，这一层就会变厚。

毛囊：毛发从皮肤的这些"深坑"里长出来。

汗腺：汗腺盘绕着的腺体渗出液体，液体渗透到皮肤表面，通过汗毛孔排出，帮助调节体温。

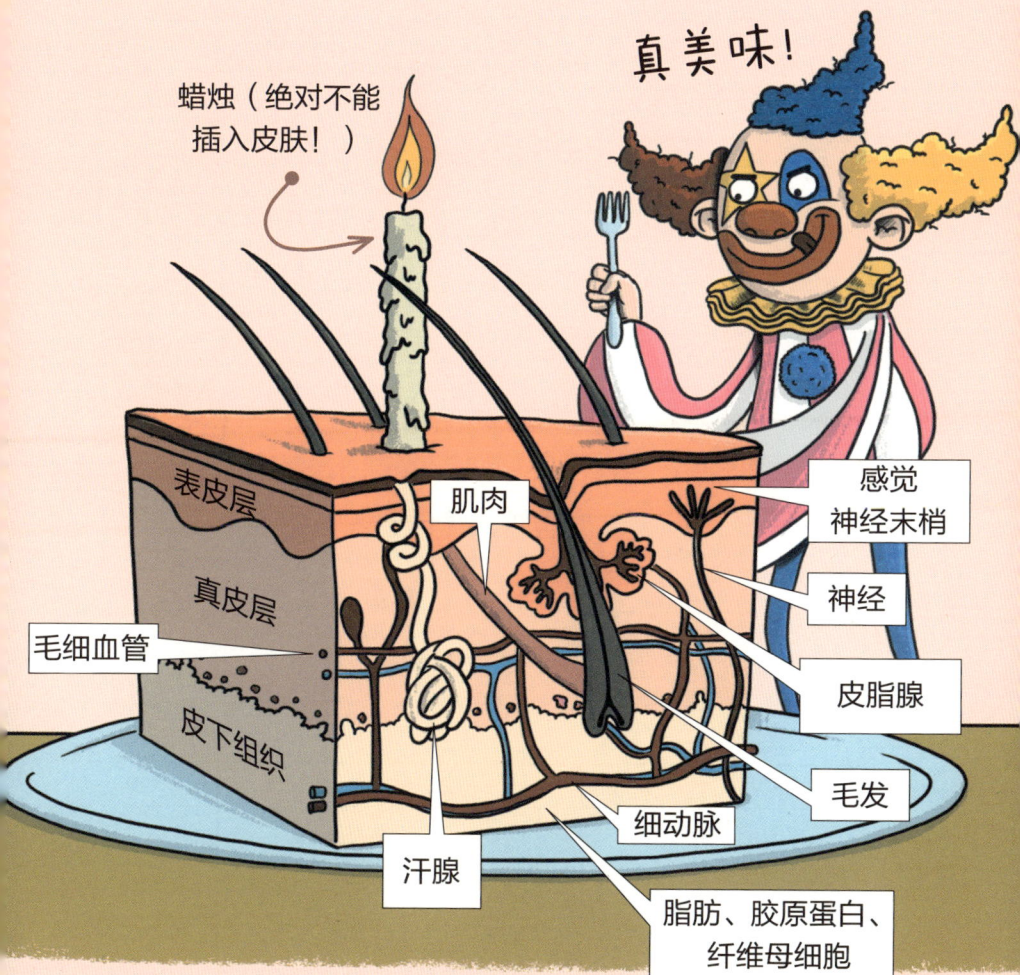

真美味！

蜡烛（绝对不能插入皮肤！）

表皮层

真皮层

毛细血管

皮下组织

肌肉

感觉神经末梢

神经

皮脂腺

毛发

汗腺

细动脉

脂肪、胶原蛋白、纤维母细胞

令人难以置信的指纹

指纹是指手指指腹的纹路留下的痕迹。将手指指腹蘸上印泥，然后按压在平整的纸上，就可以留下指纹图样。

指纹可以帮助警察破案。用印泥把你的指纹印在纸上，看看它们长什么样吧！

● 指纹采样

将一些墨水或水性深色颜料倒在海绵上，或是直接使用印泥，让手指指腹沾上颜色，然后小心地按在下面的表格上。

指纹采样表

姓名 _____   年龄 _____

左手

小拇指	无名指	中指	食指	大拇指

可怕的双胞胎

你知道同卵双胞胎的指纹略有不同吗？同卵双胞胎可能有相同的DNA，但他们的外表往往略有不同。

由于指纹是由真皮层的褶皱形成的，所以它们不一样。因此，如果双胞胎中有一人犯罪，警方可能无法仅凭DNA证据破案。但若是普通人作案时忘记戴手套，就能用指纹证据来帮助定罪！

采样时间 _____

右手

大拇指	食指	中指	无名指	小拇指

皮肤用爱呵护身体

皮肤会照顾我们。下面是一些皮肤关爱我们身体的方式。

保护：我们的皮肤是抵御病原体的第一道防线。这些病原体，比如细菌、病毒、寄生虫或真菌，一旦进入体内，就会引起感染。

调节：我们的身体通过一个被称为"体内稳态"的过程来维持自身的稳定。皮肤的一个重要功能就是让大脑知道我们的体温过热、过冷还是介于两者之间。人体需要保持在37℃，体温一旦升高，体内的蛋白质就开始变性或者分解。如果你感到太热，你的大脑就会指示汗腺启动，释放汗水，使皮肤表面冷却。如果你觉得冷，你的身体可能会颤抖，以此帮助你暖和起来。

触觉：如果没有触觉，人就无法感受到猫咪柔软的皮毛，也无法在海边体验海水在脚面上轻拍的感觉。皮肤上的触觉感受器与人的神经系统相连，向大脑发送信号。

头发和指甲

与大多数恒温动物不同，人类已经失去了大部分体毛，裸露的皮肤可能是为了帮助人类应对更温暖的气候环境进化而来的。但是当人类从世界各地迁移到更冷的地区，就需要穿上更多的衣服。这时，人类就发明了衣服！

饶了我吧，我的犄角没有那么神奇！

● 毛茸茸的犄角

头发和指甲其实是死皮细胞，由一种叫作角蛋白的蛋白质组成。犀牛角也是由角蛋白构成的，就像一些动物的蹄子一样。

在不少地区的文化里，大家都认为犀牛角有药用价值。犀牛也常常因为它们的犄角而被猎杀，导致濒临灭绝。让我们放过犀牛吧，好吗？

噗噗！

碰撞、擦伤、划痕和结痂

有时候，你不小心撞到哪里，皮肤就会出现瘀伤。这是由于真皮中的血管受到冲击而渗漏，导致血液流入周围区域造成的。幸运的是，大多数瘀伤都不太严重，过几天就恢复了。

如果你不幸抓挠或割伤了自己，你可能会流血，最终还会结痂。痂是伤口愈合时形成的血痂和皮脂硬块。**不要抠它！**

好疼！

粉刺和脓疱

　　每个人一生中都会长痘痘。没有人喜欢长痘痘，最让人恼火的事莫过于参加重要活动的前一天晚上，脸上冒出了痘痘！当皮肤中的油腺被堵塞时，粉刺和脓疱就形成了。这些痘痘可不会滋养皮肤，反而会产生油脂和死皮细胞，变成我们所说的黑头或白头。出现皮肤问题要去看专业的皮肤科医生，**不要自己用手挤痘痘！**

噗！

令人毛骨悚然的小爬虫

你知道吗？一群小爬虫正在和你一起分享你的皮肤。它们现在就在你的身上，你能感觉到它们在挠你的脸吗？没有？它们肯定在那里。这种小爬虫被称为蠕形螨，又名毛囊螨。是的，它们现在就在你的毛囊里。

你可能不想让你的毛囊里有螨虫，但它们太小了，我敢说你根本注意不到你的皮肤里有螨虫。

我嚼！

72

有时我们会被更大的虫子侵扰，比如虱子！

虱子是一种寄生昆虫，以人的血液为食，可以寄生在头发里和身体上。

我嚼！

容忍度测量表

不太行！

离我远点！

我能应付

我要吐了！

有多恶心？

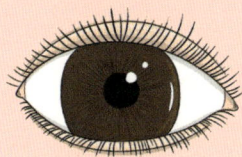

第 5 章

出众的五官

　　五官使我们能够观察、体验和理解周围的世界。没有五官，人就不能看到彩虹的颜色，也不能听到鸟鸣；不能闻到春天的花香，也不能尝到冰激凌的美味；当爱的人给我们一个大大的拥抱时，我们当然也感觉不到与对方的肢体接触！

日常生活里的神奇之处

不是每个人都能正常使用五官。盲人看不见，聋人听不见，有些瘫痪、行动不便的人甚至感觉不到身体的某些部位。

虽然与常人不同的生存方式有很多挑战，但也会以独特的方式激励人们：

✳ 残疾人奥林匹克运动会始于1960年，起初只有8个运动项目，如今有近30个不同的运动项目。

✳ 2001年，美国的埃里克·韦恩迈耶成为世界首位登顶珠穆朗玛峰的盲人。

✳ 英国聋哑女演员罗斯·艾林−埃利斯获得了英国2021年《舞动奇迹》的冠军。在她成功之后，学习手语的人数量激增。

✳ 你认识的人中可能有人曾失去过嗅觉或味觉！这是为什么呢？因为世界各地数以百万计的人发现，这是感染新型冠状病毒后的症状之一。大多数人在康复一段时间后，能够恢复嗅觉和味觉。

我们的感官之所以能够正常工作，得益于出色的五官：

·眼睛

能让我们发现稀奇古怪的东西，认出朋友和家人，还能看到路边的小花。

·鼻子

能让我们闻到电影院里爆米花的味道、野外的花香，或者你家窗外垃圾桶的臭味。

·皮肤

能让我们在冬天感受到扑面而来的冷空气，在夏天感受到汗流浃背，还能在脸上长痘时感受到疼痛。

·耳朵

能让我们听到美妙的音乐，响亮的爆竹声，小猫"喵喵"的叫声。

·舌头

让我们尽情享受香甜的冰激凌，以及更多美味！

美丽的眼睛

眼睛不仅美丽，而且令人惊叹。眼睛中有数百万个特殊的细胞，它们通过探测光线来工作，这使得大脑能够收集大量的视觉信息。大脑将这些数据转换成3D图像呈现在我们所看到的世界里。

·视网膜

这一层包含数百万个被称为视杆细胞和视锥细胞的感光细胞。

·视神经

视网膜上的受体沿着视神经将信息传递到大脑。

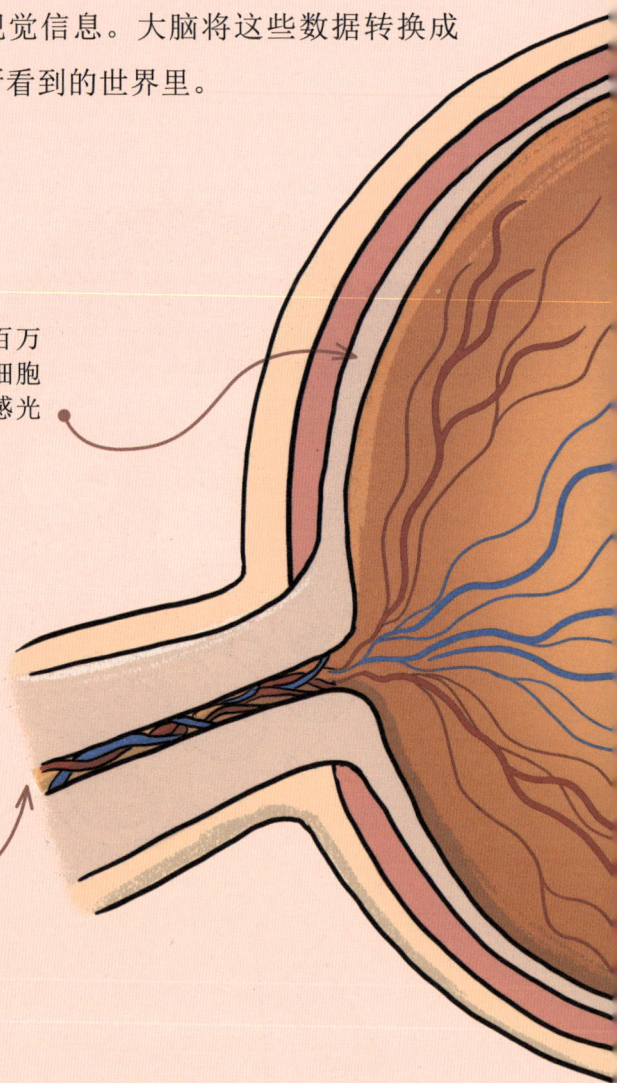

·眼外肌

6块肌肉控制眼睛的运动，使它可以上下或左右旋转。这些肌肉非常灵活，因此眼睛可以跟踪移动的物体。

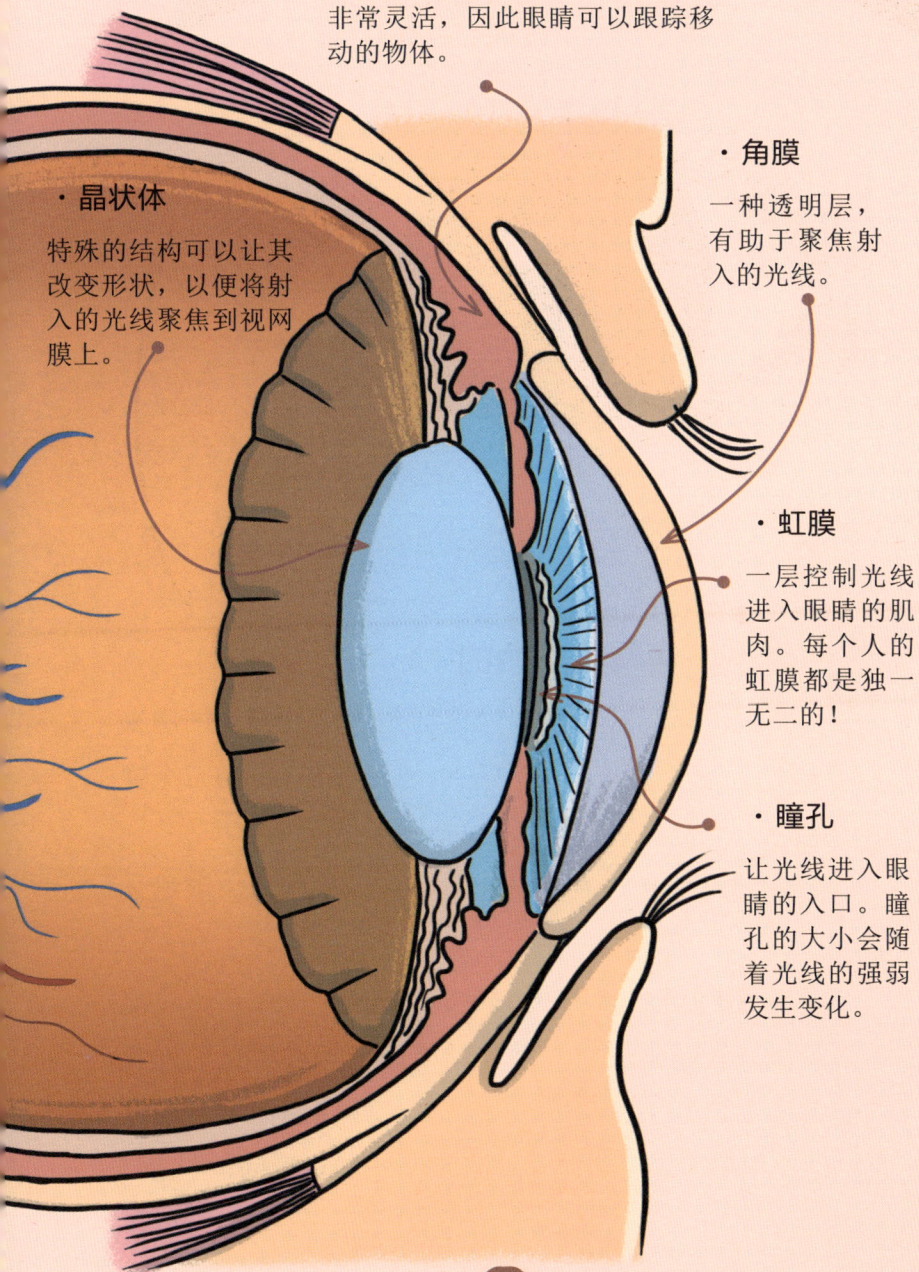

·角膜

一种透明层，有助于聚焦射入的光线。

·晶状体

特殊的结构可以让其改变形状，以便将射入的光线聚焦到视网膜上。

·虹膜

一层控制光线进入眼睛的肌肉。每个人的虹膜都是独一无二的！

·瞳孔

让光线进入眼睛的入口。瞳孔的大小会随着光线的强弱发生变化。

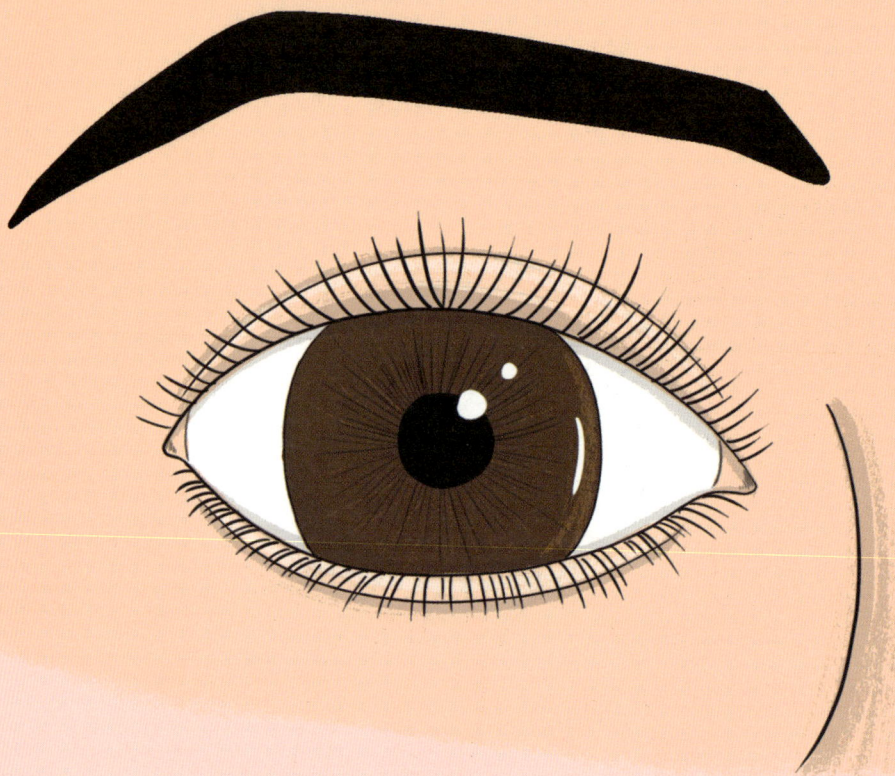

• 你是如何看见东西的

视网膜依靠视杆细胞和视锥细胞这两种特殊细胞来处理光线。每只眼睛大约有1亿个视杆细胞和700万个视锥细胞。

视杆细胞能让你看到黑色和白色，并告诉大脑物体的形状。

视锥细胞能让你看到彩色，需要更多的光线才能正常工作。视网膜上有三种视锥细胞，每种类型的视锥细胞都可以识别三种颜色中的一种，即红色、绿色或蓝色。这些细胞一起帮助人们看到彩虹的所有颜色！

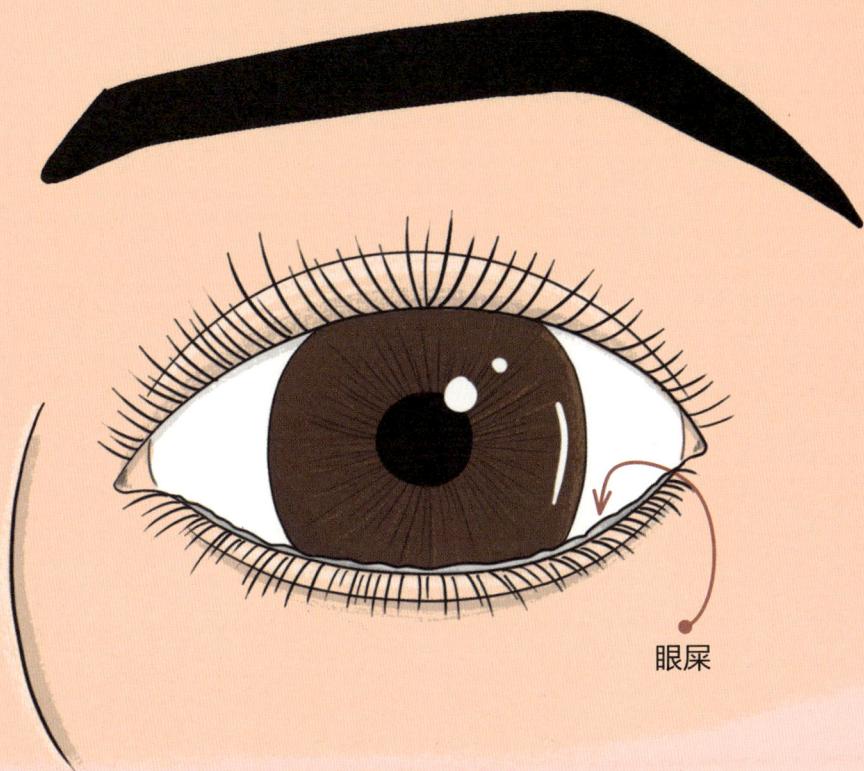

眼屎

色盲患者的一些视锥细胞出了问题，从而影响了他们识别红色和绿色的能力。

● 有用的眼屎

我们的眼睛会分泌一种黏液，这种黏液可以保护眼睛免受灰尘、污染物和外来物质的伤害。

眼睛通过分泌黏液来捕捉灰尘或污垢，并将其聚集成团状物。当这些黏液离开眼球变干之后，就会产生眼屎。这些分泌物经常在夜间持续分泌，因此你醒来时会发现眼睛里有眼屎。眼屎可能让你感觉有点恶心，但其实非常有用！

关于耳朵的那些事儿

耳朵是用来听声音和保持身体平衡的器官。但你知道吗？耳朵的大部分结构其实是长在大脑里的！耳廓是唯一可见的部分，其余部分都长在了颅骨里面，耳朵主要有三部分：

1. **外耳**：收集声音。

2. **中耳**：中耳是声音转化为振动波的地方。

3. **内耳**：在这里，振动波被转换成神经信号并传送到聪明的大脑！

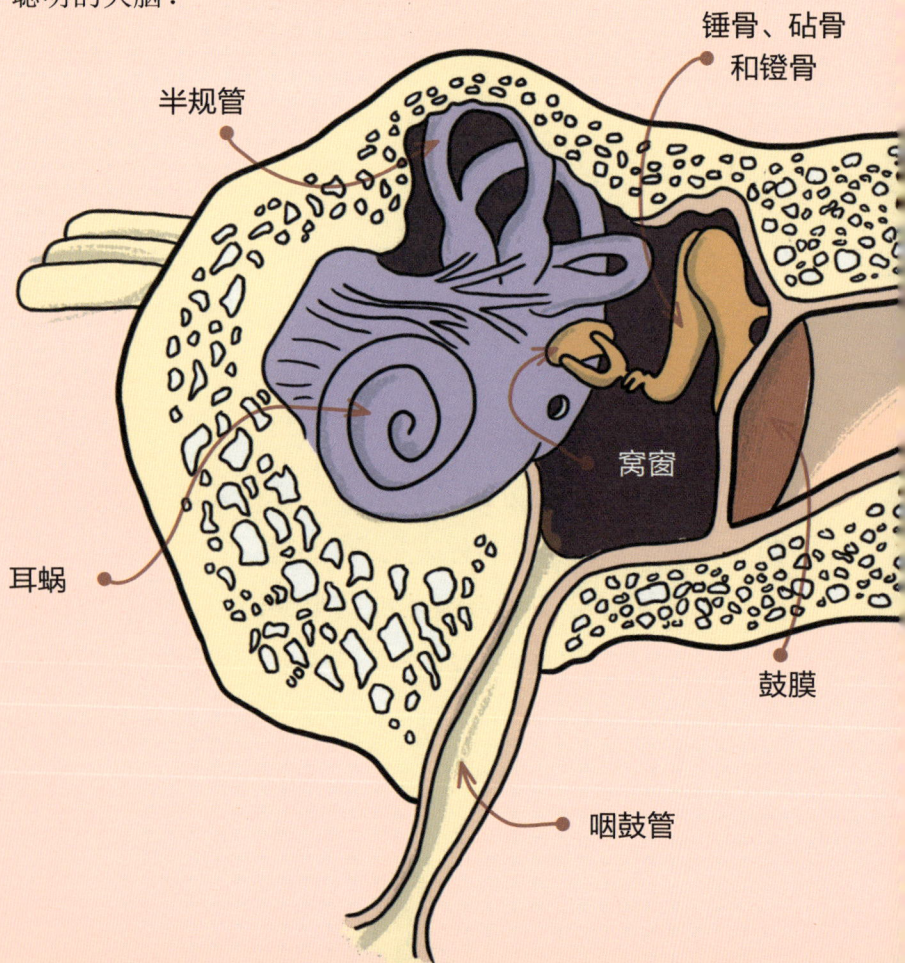

锤骨、砧骨和镫骨

半规管

窝窗

耳蜗

鼓膜

咽鼓管

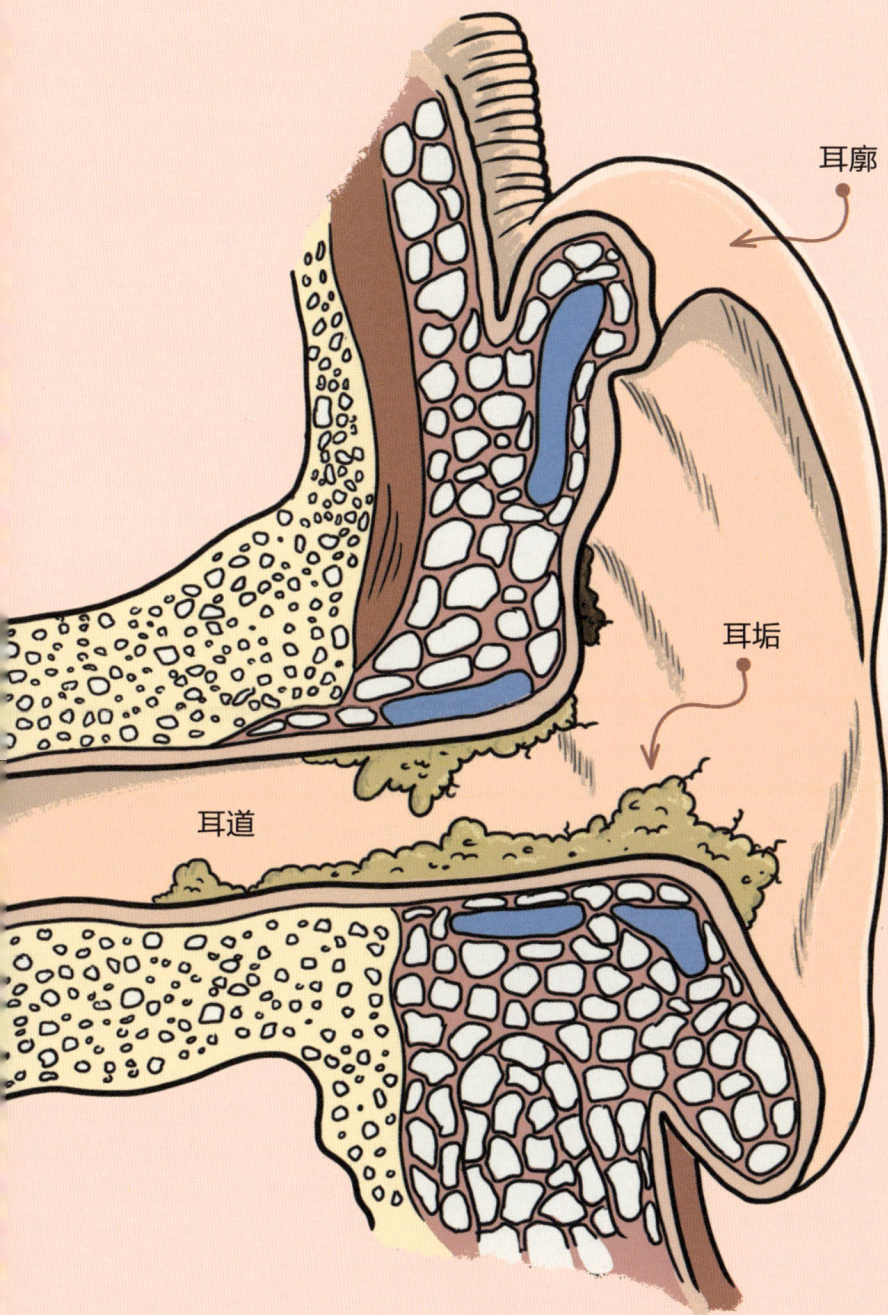

耳廓

耳垢

耳道

83

● 你是如何听到声音的

1. 有人放了个很响的屁！

2. 屁的声波通过空气传播，以声速击中你的耳朵。

3. 你的外耳捕捉到屁的声波，它们沿着耳道传播，并"嘟嘟嘟"地撞击耳膜。

4. 耳膜振动，在整个中耳产生微小的振动波。

5. 这些振动波通过三块听小骨（锤骨、砧骨和镫骨），经由蜗窗进入耳蜗。

6. 耳蜗内的细小毛发捕捉到屁的振动波，将其转化为神经信号，并将其发送到大脑进行处理。

● 出色的平衡力

耳朵对保持身体平衡很重要。耳朵里的半圆形管道包含三个充满液体的管道，当人移动身体时，液体会四处晃动。这种晃动会向大脑发送信号，让身体保持平衡。有时当耳朵受到感染，信号会失控，人就会感到头晕！

耳膜爆炸

1883年，印度尼西亚喀拉喀托火山爆发，导致远在160公里外的人永久性失聪。可以想象火山喷发的声音到底是有多大，人们才会发生这种情况！

闻到你了

空气中的分子漂浮在鼻尖附近，刺激人的鼻内受体，并向大脑发送信号。有些东西，闻起来芳香十足，比如玫瑰。然而，有些东西闻起来却很恶心，比如腐烂的食物或一大坨便便。人类天生讨厌臭的东西，这是一种让人类远离危险的进化技巧。

● 不可思议的黏液

黏液是指黏稠的身体分泌物，有许多不同的颜色：黄色、棕色和绿色等。鼻涕是鼻子分泌的黏液，这是人体抵御细菌、病毒、灰尘和花粉的第一道防线，如果它们到达肺部，就会影响人的呼吸。鼻涕有助于捕获这些异物，保持呼吸道畅通。鼻子里的纤毛有助于把鼻涕从鼻子内部转移到鼻孔里。

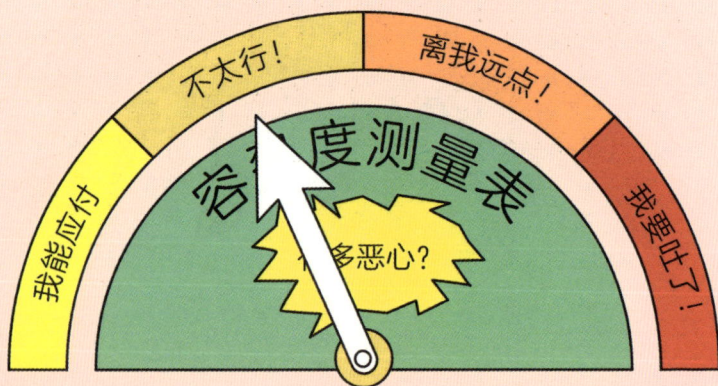

不太行！

离我远点！

我能应付

我要吐了！

恶臭程度测量表

有多恶心？

● 鼻屎

一旦鼻涕到达鼻孔附近，就会变成易碎的、不同形状和大小的鼻屎，有些是黏黏的糊状物，有些呈易碎、干燥状。大多数人会用纸巾擦鼻屎，但不讲卫生的人不同，他们会直接用手——**抠鼻屎！**

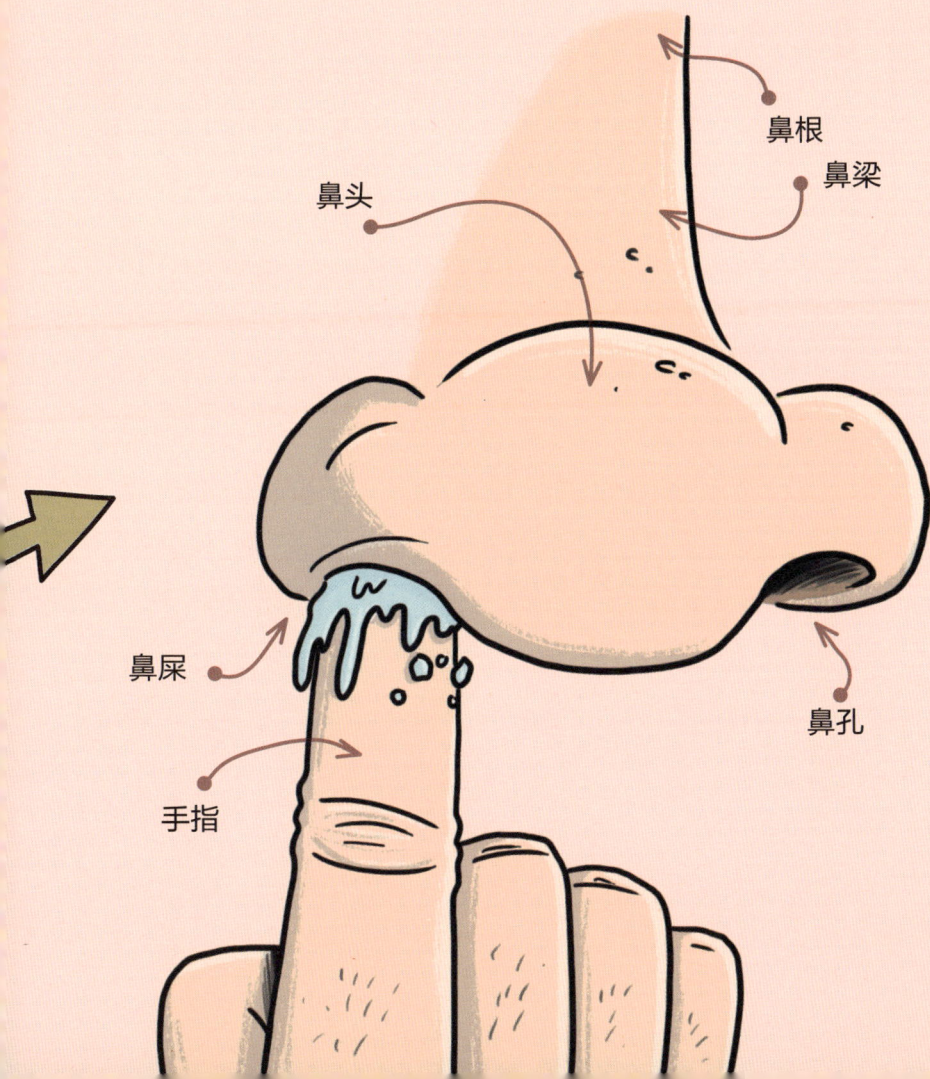

鼻根

鼻梁

鼻头

鼻屎

鼻孔

手指

诱人的味道

舌头表面有成千上万的味蕾，让我们品尝到各种不同的味道。但令人惊讶的是，这些味道基本上可以归为5种类型。你能把下面的五种味道和相对应的食物连起来吗？

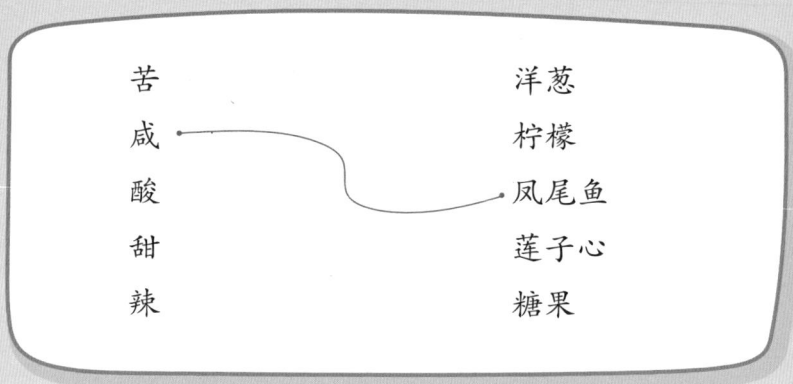

苦	洋葱
咸	柠檬
酸	凤尾鱼
甜	莲子心
辣	糖果

● 牙菌斑来袭

每天要坚持刷两次牙，每次不少于两分钟，否则很容易受到**牙菌斑的攻击。**牙菌斑是在牙齿表面形成的一层细菌膜。人吃了东西或喝了饮料之后，口腔内的细菌会过度繁殖，从而产生酸，破坏牙釉质，造成蛀牙，甚至损坏牙龈，造成牙龈炎！只要记住这个"二二法则"，每天刷牙两次，每次不少于两分钟，就可以击退牙菌斑。

答案：苦/莲子心，咸/凤尾鱼，酸/柠檬，甜/糖果，辣/洋葱

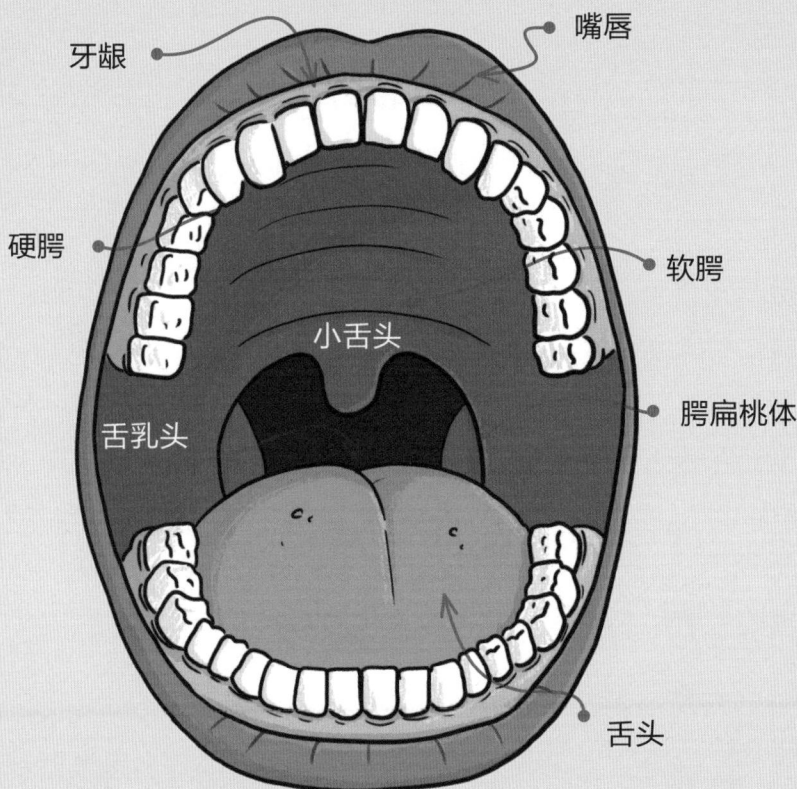

牙龈

嘴唇

硬腭

软腭

小舌头

腭扁桃体

舌乳头

舌头

• 口臭

"口臭"是口腔气味难闻的科学术语。口臭可能来自人吃的某种气味强烈的食物，或者由人的牙齿或牙龈问题造成。对某些人来说，仅靠刷牙是不够的。有时，如果食物残渣堆积在牙齿间，就会形成难闻的黏稠物，让口气闻起来像下水道的味道。如果你发现你的口气在刷牙后都很难闻，你可能需要用牙线剔掉牙齿间的残留物，也可以和牙医确认一下口臭的原因，他们会帮你的。

关于五官的真相

你能猜一猜下面这些观点中有哪些是真的吗?

✳ 人的鼻黏膜每周会产生近7升的黏液,但在没有意识到的情况下,人会吞下大部分的黏液。

✳ 所有长着蓝色眼睛的人都有共同的祖先。

✳ 鼻子的形状会影响一个人的声音。

✳ 人的眼部肌肉每天运动超过10万次。

✳ 当你专注于写作业时,你的瞳孔会变大。

✳ 你自己听到的你的声音比周围的人听到的要低。

✳ 人的鼻子能闻到的气味种类,比地球上的人口还多。

✳ 人每30分钟眨眼的次数比一年的天数还多!

✳ 如果一个人的视力和金雕一样好,那么当他身在过山车的最上边,仍然可以看到地面上的瓢虫。

答案:都是真的!

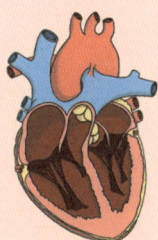

第 6 章

重 要 的 心 脏

心脏是身体的发动机。

一颗健康的心脏一般每分钟收缩和放松约70次，这种有规律的节奏将血液输送到全身。心脏把血泵出来之后，又被迅速填满，准备下一次搏动。心脏非常重要，没有心脏，任何人都无法存活！

强壮的肌肉

人在出生之前，心脏就开始工作了，那时我们还是妈妈子宫里的一个小胚胎。心脏会在人的一生中持续跳动，永不停歇。

为了保持心脏的跳动，心肌细胞需要如下物质的持续供应：

1. 能量　　　2. 氧气

这些物质通过冠状动脉供血输送，这种血管网络是心脏特有的。

血液经由血管穿过心脏的壁到达强壮的肌肉的所有部位。最重要的是，血液能到达心脏和身体的任何地方。

● 心脏在哪里

这块锥形肌肉位于胸腔内，由胸腔保护。心脏位于胸骨的左侧，在两肺之间。

● 心脏靠左有多左

心脏并没有你想象中那么靠左，但因为左心室泵血强烈，所以总感觉心脏更靠左。这意味着当人们把右手放在左胸上宣誓时，他们根本就不是真心发誓，他们在用左肺发誓！

● 血液循环

血液循环是指心脏通过数百万条不同大小的血管，将血液泵入全身的过程。

一个成年人全身的血管连起来的总长度超过16万公里，可以环绕地球四圈！

血管向人体的细胞和组织输送氧气和其他必需的营养物质。

人体内有3种类型的血管：

1. 动脉　　　2. 静脉　　　3. 毛细血管

动脉：将富含氧气的血液从心脏输送到其他地方。

静脉：将含氧量低的血液输送回心脏。

毛细血管：是由微小血管组成的巨大网络。毛细血管非常薄，可以让氧气进入组织，也可以排出二氧化碳。

心脏内部

你有没有想过心脏里面是什么样的呢？人的心脏像一个构造复杂的泵，把血液吸进去，再把血液泵出来，让血液在人的全身循环。

· 主动脉

人体最大的动脉，将血液从心脏输送到全身。

· 腔静脉

将血液从身体输送到心脏的大静脉。

· 肺静脉

将血液从肺部输送回来。

心脏的大小

* 新生婴儿的心脏只有乒乓球那么大。

* 一个健康成人的心脏只有常人握紧的拳头那么大。

* 柄翅卵蜂是一种黄蜂，它长着目前已知全世界最小的心脏！

* 蓝鲸长着目前已知全世界最大的心脏！

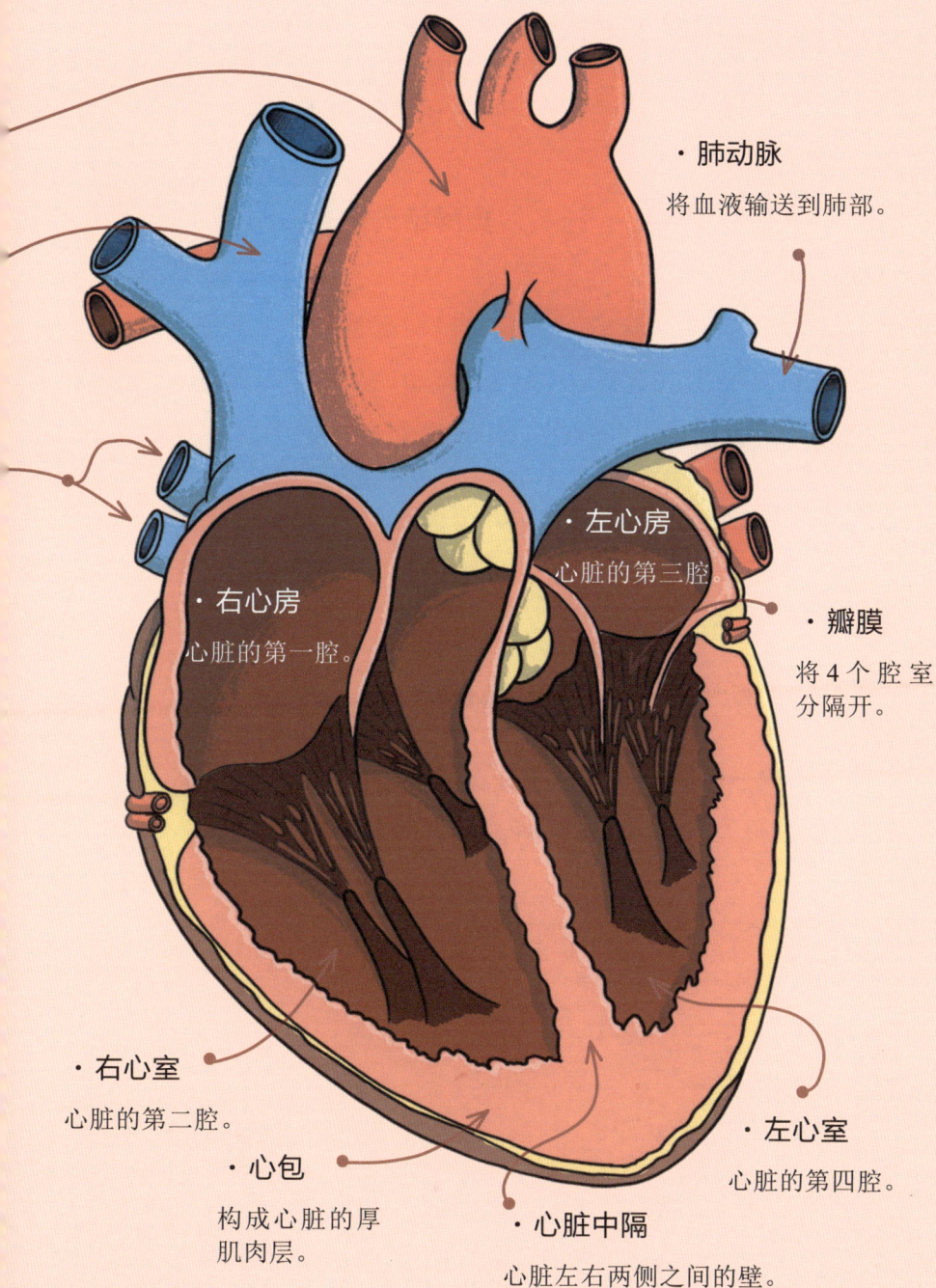

·肺动脉
将血液输送到肺部。

左心房
心脏的第三腔。

·右心房
心脏的第一腔。

·瓣膜
将4个腔室
分隔开。

·右心室
心脏的第二腔。

·心包
构成心脏的厚
肌肉层。

·心脏中隔
心脏左右两侧之间的壁。

·左心室
心脏的第四腔。

95

心脏是如何工作的

每次心跳只持续1秒，但是在这短短的1秒钟里发生了很多事情！

人的心率是由一种名为**窦房结**的器官控制的，它位于右心房壁内。

窦房结有时被称为心脏的自然起搏器。它产生的电信号以波的形式穿过心脏向外移动，使心脏在不同的时间收缩，使血液在正确的时间输送到不同的地方。

你知道吗？

心脏的每个腔室之间都有瓣膜，心跳的"咚咚"声是由不同的瓣膜闭合发出的！

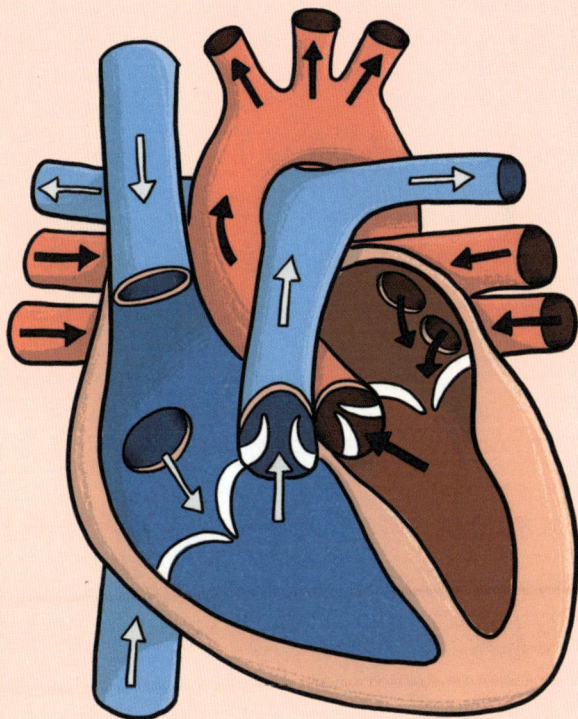

缺氧血
（含氧量低）

含氧血
（含氧量高）

1. 血液到达心脏：心肌放松，血液进入左心房和右心房。

2. 从心房到心室：两个心房收缩，血液流入下面的心室。

3. 血液流向全身：最后，心室收缩，迫使血液流向肺部或身体的其他部位。

不要错过任何一次心跳

在身体的某些地方，你可以感受到自己的脉搏，即每一次心跳发出的轻微跳动。最容易感受到脉搏的地方是手腕。

想找到手腕的脉搏，请打开一只手掌，用另一只手的食指和中指沿着大拇指向下移动至手腕内侧。现在就试着找一找吧！你摸到自己的脉搏了吗？太棒了，我们还活着！

重要提示

不要用另一只手的大拇指来感受手腕的脉搏，因为人的大拇指也有微弱的脉搏！如果你用大拇指数每分钟的心跳次数（BPM），你可能会感到很困惑。用食指和中指按压脉搏，数一数你每分钟的心跳次数是多少吧。

● 每分钟的心跳次数

BPM（Beats Per Minute）指的是每分钟的心跳次数。如果每分钟的心跳是60次，那每秒钟就会心跳1次！运动会使心率上升，压力、恐惧或兴奋等强烈的情绪也会改变人的心率。当你睡觉或放松时，你的心率则会变慢。

平均静息心率

一个人的平均静息心率取决于年龄、性别和健康水平等因素。（当然是否还活着也是一项重要指标！）

- 婴儿：120 BPM
- 10岁儿童：90 BPM
- 成年女性：78 BPM
- 成年男性：70 BPM
- 美国侏儒鼩：1200 BPM（世界上最小的哺乳动物之一，却有着世界上跳得最快的心跳！）

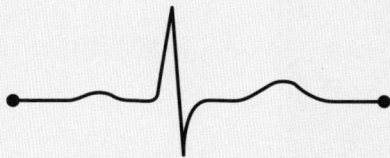

血细胞的那些事儿

血液循环于人体的各个部位，为人体提供重要的营养物质和氧气。血液是由数万亿个血细胞组成的液体组织，这些细胞漂浮在一种叫作血浆的水状物质中。血液还会将废弃物从人体中运送出去。

血液的构成

丰富的血浆中有三种主要的血细胞：红细胞、白细胞和血小板。

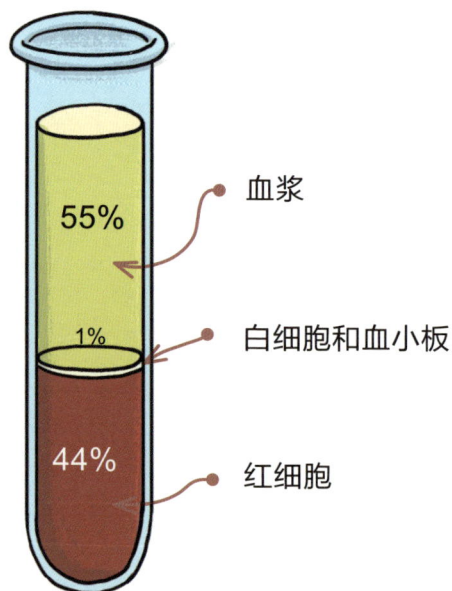

55% —— 血浆

1% —— 白细胞和血小板

44% —— 红细胞

红细胞：含有一种叫作血红蛋白的蛋白质。氧气通过肺部进入人体，并被血红蛋白吸收，然后被带到人体的各个组织。血红蛋白使血液呈现红色，血红蛋白越多，红色越亮！

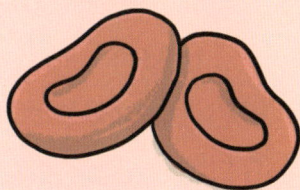

白细胞：构成人体免疫系统和防御系统的重要细胞。

血小板：对人体凝血功能很重要。它们就像微小的积木聚集在一起，帮助伤口愈合。比如不小心抓伤自己或者被咬伤时，血小板就会来帮忙。

心脏病学的变迁

研究心脏疾病的医疗学科被称为心脏病学，保护人们心脏健康的医生是心脏病学家。

1893年，丹尼尔·黑尔·威廉姆斯医生完成了第一例在人类身体上进行的开胸手术。丹尼尔是世界上较早的心脏病学家之一。

丹尼尔·黑尔·威廉姆斯

1967年，南非开普敦的赫鲁特斯库尔医院的克里斯蒂安·巴纳德医生成功完成了第一例人类心脏移植手术。巴纳德医生给因心力衰竭而病危的路易斯·沃什坎斯基做了手术。心力衰竭是指心脏不再能够正常地向全身供血。

克里斯蒂安·巴纳德

　　巴纳德的团队用捐献者的心脏替换了路易斯受损的心脏。捐献者丹尼斯·达瓦尔死于一场车祸，终年25岁。丹尼斯的爸爸知道她想要帮助别人，因此同意了女儿捐赠器官。从那时起，心脏移植手术才逐渐在世界各地普及。

心脏病学小测试

Q1：心脏有多少个"房间"？

- [ ] a. 3
- [ ] b. 4
- [ ] c. 5
- [ ] d. 6

Q2：分隔心脏左右两侧的壁叫什么？

- [ ] a. 动脉
- [ ] b. 心房
- [ ] c. 心室
- [ ] d. 心脏中隔

Q3：血液在人体内的流动被称为什么？

- [ ] a. 心跳加速
- [ ] b. 运动
- [ ] c. 血液循环
- [ ] d. 放屁

Q4：人的心脏发出的跳动声音来自哪里？

☐ a. 血液流向错误

☐ b. 瓣膜关合

☐ c. 心跳停止

☐ d. 心脏细胞在练习跳动

Q5：将血液输送回心脏的管道被称作什么？

☐ a. 动脉

☐ b. 静脉

☐ c. 管道

☐ d. 香蕉

倒过来查看答案！

有关心脏的惊人真相

✷ 正常人的心脏每天大约跳动11.5万次。

✷ 水约占心脏重量的75%。

✷ 人类的每一滴血液中都含有约500万个红细胞。

✷ 人的心脏每天向全身输送超过9 000升血液，足够填满这个水池了！

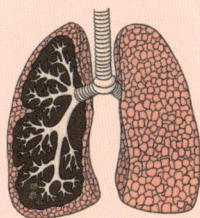

第 7 章

可爱的肺

　　肺是人的呼吸器官。肺的工作是让氧气进入人的血液，并排出废气。

　　通过鼻子和嘴巴吸入空气时，进入呼吸道的氧气滋养了人的身体。呼气时，再把二氧化碳排出体外。

我们也可以通过呼气和吸气来做其他事情，比如······

吹灭生日蛋糕上的蜡烛，

呼——

演奏乐器，
如竖笛或长笛，它们都依赖
循环呼吸法。

唱歌，
也需要呼吸——

啦啦啦啦！

● 永远的好朋友

肺和心脏是最好的朋友，它们之间有着独特且重要的关系。心脏将血液送入肺部，这样肺部就可以获取氧气，并通过身体的循环系统将氧气输送到各个组织。人体的各个细胞利用氧气释放能量，这一过程中会产生二氧化碳，二氧化碳从肺部被呼出体外。

● 种一棵树

植物通过光合作用产生氧气，而光合作用需要二氧化碳才能完成。因此，当人和动物呼出二氧化碳时，会被植物吸收；而当植物释放氧气时，又会被人和动物吸入。植物可以提供源源不断的氧气，或许你可以和一棵树成为最好的朋友。

什么是循环呼吸法？

循环呼吸法最早用于唢呐的吹奏中，后被引入管乐的演奏中。管乐循环呼吸的特点主要在于循环换气。常规换气是以鼻、口同时呼吸，间隔进行；循环换气则由鼻吸口呼，同步进行。

吸气和呼气

当肺吸入空气时，就会扩张（体积增大），周围的肌肉可以帮助肺做到这一点。横膈膜是与呼吸有关的最重要的肌肉之一。当呼气时，肺部肌肉放松，肺变小。

● 了解肺

健康的肺应该是粉红色的，这要归功于肺庞大的毛细血管网络。毛细血管是一种大的分支血管，有点像树上的树枝，负责肺部周围的血液供应。具体来说，肺具有如下构造：

✹ 一个叫作气管的主干，下面连接着两个大的分支……

✹ 分支被称为支气管。这些分支形成许多细枝，称为细支气管。

✹ 分支上的"叶子"很小，它们被称为肺泡。

呼吸频率

人所做的事情会影响呼吸的频率：

· 静坐、冥想：每分钟15次。
· 遛狗：每分钟20次。
· 在公园跑步：每分钟40次。

肺的内部

肺部周围有两层黏膜——胸膜。胸膜之间有一层薄薄的液体，使它们可以滑动。这意味着当我们吸气和呼气时，肺可以扩张和收缩。

肺的内部主要有如下结构：

气管
空气从嘴和鼻子经由气管流向肺部。

主支气管
气管分支成左右两个主支气管。

细支气管
主支气管分支进一步形成许多细支气管。

肺泡
相当于"树的叶子"，这些是被毛细血管覆盖的微型气囊。这是发生气体交换的地方：吸收氧气，释放二氧化碳。

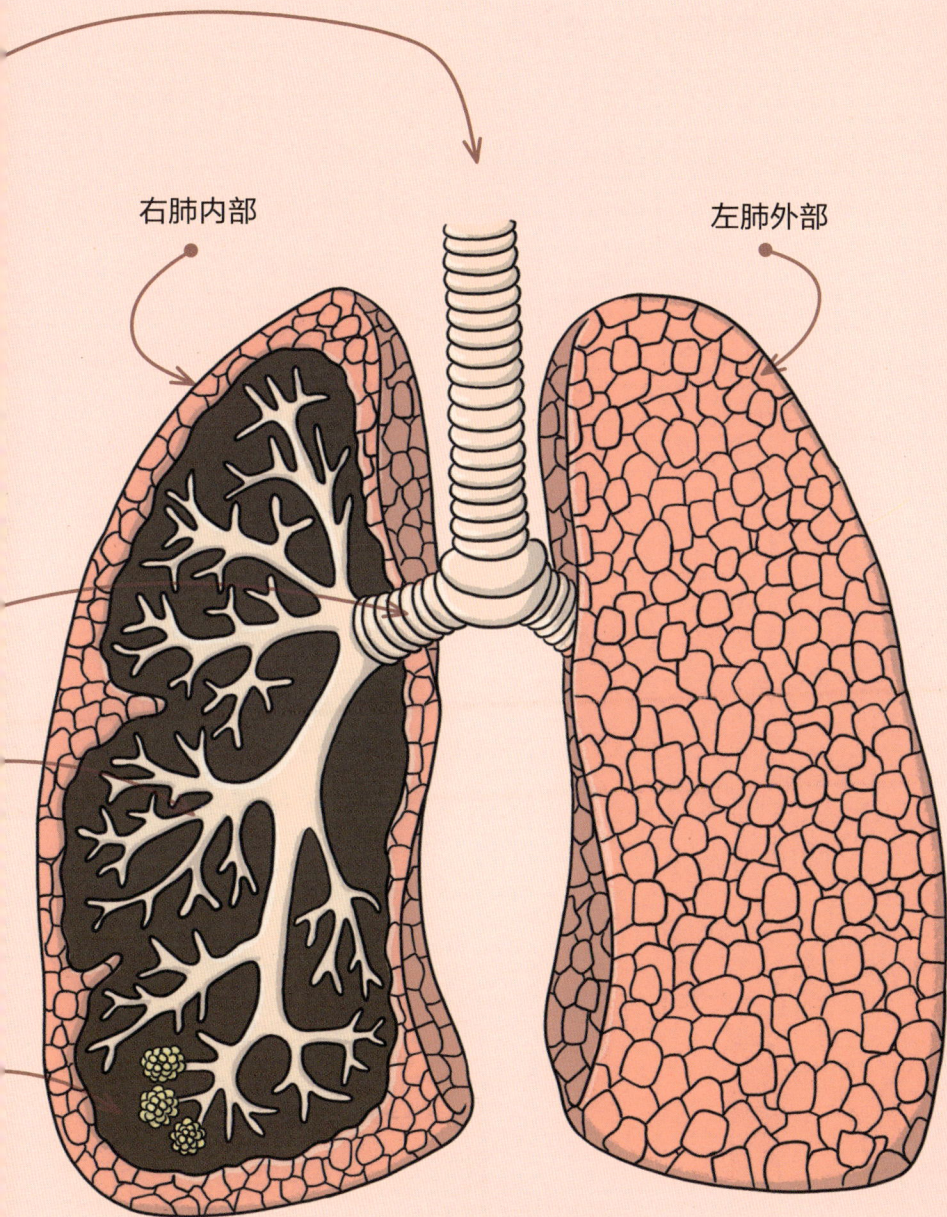

右肺内部

左肺外部

灯光、照相机、肺泡

细支气管的末端是一串形似葡萄的肺泡，这些像葡萄串一样的肺泡只有在显微镜下才能看到，因为它们太小了！事实上，每个肺里都有大约30万个肺泡。

关爱肺部健康

肺对我们的健康生活非常重要，但肺非常脆弱，而且随着时间的推移，肺可能会损坏，如吸入被污染的气体或吸烟。由于焦油的积聚，吸烟会使原本粉红色的肺变黑。吸烟有害健康，焦油更有害健康。让我们关爱肺部健康吧！

● 气体交换

我们活着的每一秒，都在不停地呼吸，这样我们的生命才得以维持。氧气进入血液循环系统的同时，体内的二氧化碳被排出，这个过程被称为气体交换。

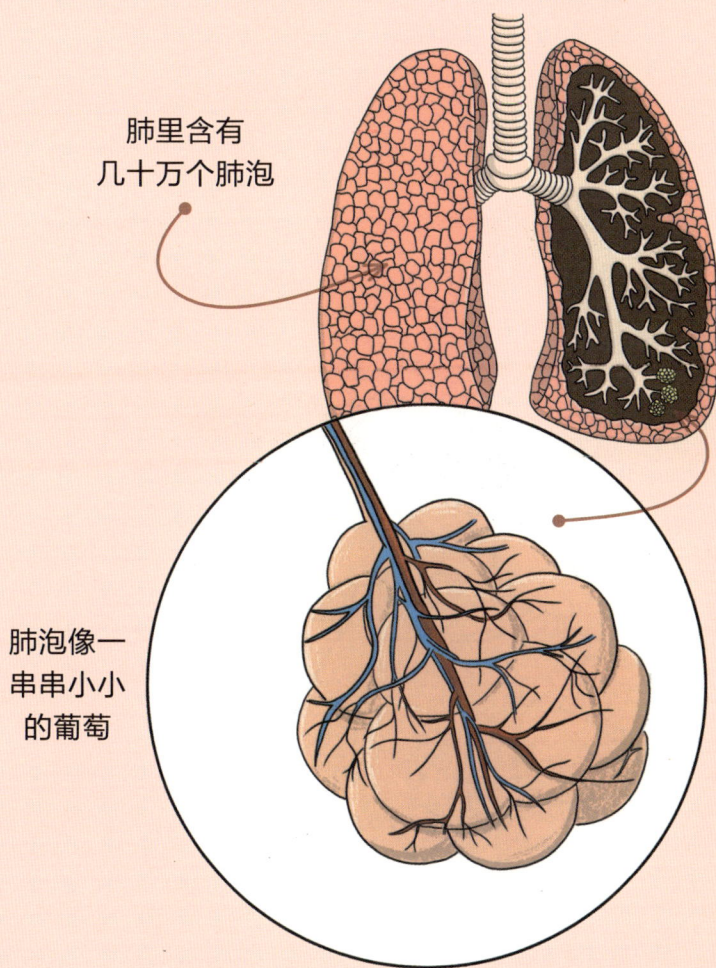

肺里含有
几十万个肺泡

肺泡像一
串串小小
的葡萄

说出来，唱出来，喊出来

人类是社会性动物。语言是人类生活和所处社会的重要组成部分，它让人类在动物王国中独一无二，并且语言与呼吸密切相关。

当我们呼气时，会用到一个精妙的器官——喉头。喉头位于颈前部正中，靠近舌头的末端。在喉腔内有两层黏膜，它们和肌肉、韧带组成声带。

啦啦啦啦

当由肺部呼出的气流冲向声带引起振动的时候，我们就能发出声音。人在说话、唱歌或叫喊时发出的声音，会随着舌头、嘴巴和嘴唇的变化而变化。真是太神奇了！

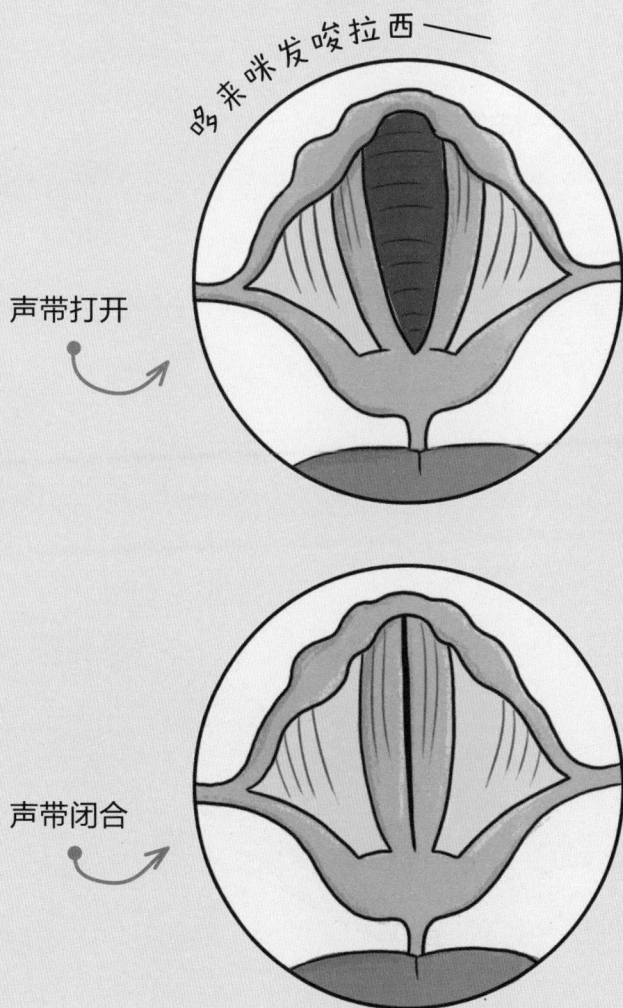

哆来咪发唆拉西——

声带打开

声带闭合

人类的语言

科学家们认为，人类的祖先可能在约2 500万年前就进化出了发出某些声音的能力。但我们今天所知道的语言，可能在约30万年前才进化出来。虽然这段时间很长，但对于人类漫长的进化来说只是沧海一粟。

● 像鲸鱼一样唱歌

说到海洋，你听过鲸鱼唱歌吗？这类巨型生物的声音非常美妙，而且它们的发声方式非常复杂。

许多种类的鲸鱼都能发出声音，但只有少数会唱

歌，包括蓝鲸、座头鲸和小须鲸。科学家们发现，这些鲸鱼的喉头有褶皱，与人类的喉头结构非常相似。它们和人类一样，当空气流经声带时产生振动，从而发出不同的声音。

然而，鲸鱼的不同之处在于，它们即使在水下也能发出声音。独特的喉头意味着它们可以在不呼出任何空气的情况下发声。简直难以置信！

奇怪的声音

正常的呼吸伴随着有规律的节奏。但当这种正常的节奏被打断时，奇怪的事情就会发生！

咳嗽：如果身体需要清除呼吸道中的东西，大脑会发出咳嗽的信号。

咳咳

嗝~

打嗝：有时膈肌周围的神经会错误地发出信号，使膈肌抖动，这时人就会打嗝！

打喷嚏：如果有东西进入鼻子，大脑会发出一个信号，把进入鼻子的东西清理出去，这时人就会打喷嚏。

阿嚏！

呼
呼
呼

打鼾：睡觉的时候，声带放松，呼吸道受到阻塞或振动，就会发出打鼾的声音。

打哈欠：能帮助人体排出更多二氧化碳。我猜测，你只要想到打哈欠这件事就会想要打哈欠！

哈——

不同的呼吸方式

不是所有的动物都像人类一样用肺呼吸。事实上，动物有四种不同的呼吸方式！

1. 用肺呼吸：哺乳动物、鸟类、爬行动物和一些两栖动物。

2. 用鳃呼吸：鱼和螃蟹等（水流进来，通过鳃直接进行气体交换）。

3. 用气管呼吸：蜘蛛和蜈蚣等昆虫。

4. 大多数两栖类动物还能用皮肤呼吸。

癞蛤蟆的神奇呼吸

有些动物在生长过程中会经历很大的变化（生物学上称为"变态"），它们甚至会改变呼吸的方式！

* 蝌蚪有鳃，但当它们变成小青蛙时，呼吸系统也发生了变化。

* 它们的鳃在蜕变过程中消失，这也就意味着它们的呼吸方式发生了变化。

* 最后，一旦蝌蚪长成青蛙，它们就用肺和皮肤来呼吸。

第 8 章

神奇的腹部

　　人体许多重要的器官都位于胸腔和骨盆之间的一个大空间内，这个空间被称为腹腔。

　　这个神奇的区域控制着人的消化系统、泌尿系统和生殖器官。

　　人的腹部会产生人体"最恶心"的分泌物——胆汁！当生病的时候，这种黏糊糊的分泌物会让呕吐物呈现出黄绿色，而且胆汁的气味真的很糟糕！

找名字游戏

让我们先来玩一个游戏吧！这个游戏叫"找名字"。但是不适合胆小的人玩哦！你准备好了吗？

右图列出的名字中哪些器官是位于腹部的？请用笔在正确的名字后面打"√"。注意，只有**9个**是正确的！

倒过来查看
答案！

答案：主动脉、肝、脾脏、小肠、胃、胰腺、肾、大肠、膀胱。

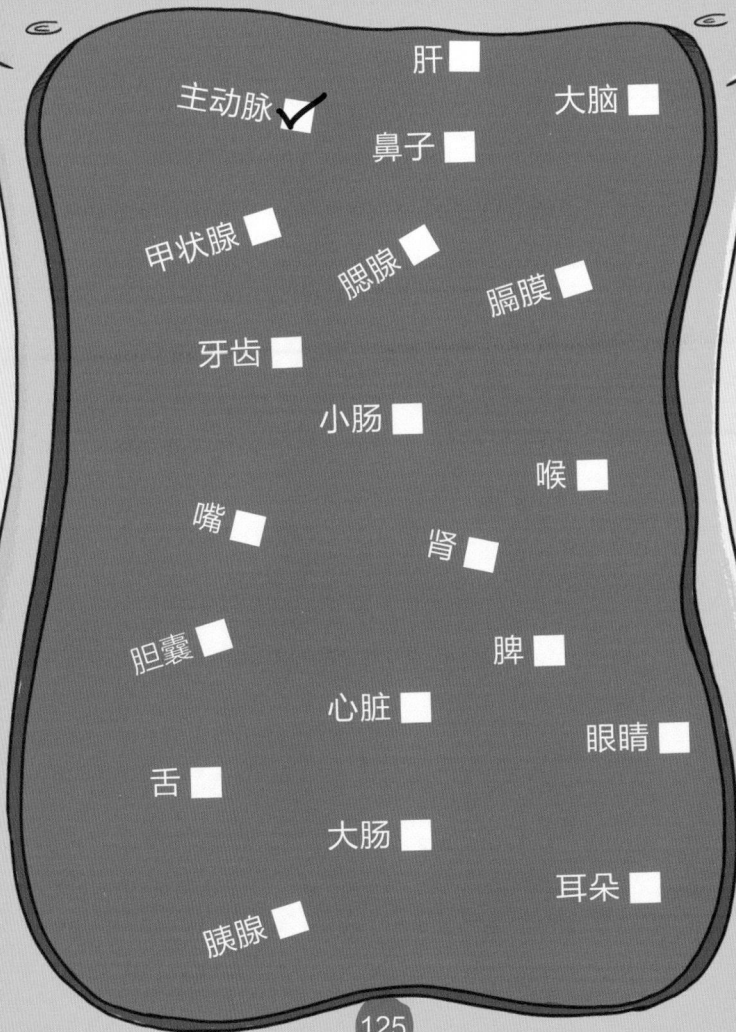

让器官团结在一起

腹部是如何将这些器官连接在一起的呢？为什么它们没有漂浮在腹腔内呢？

这要归功于肠系膜。肠系膜又是如何工作的呢？

肠系膜是指覆盖在小肠、大肠以及其他腹腔器官后面，并维持其血管、淋巴管、神经的结构和功能的一层薄膜。它把人体的器官连接到体壁上，阻止所有器官坍缩到骨盆里。干得好！

否则，你的
腹部就会变成
这样！

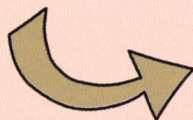

127

繁忙的肝脏

人的肝脏很忙。肝脏有很多工作要做，包括但不限于下面这些工作：

* 清除血液中的有毒物质。

* 储存所有人体需要的维生素和矿物质，让人的身体处于最佳状态。

* 产生并储存能量所需的糖。

* 分泌胆汁。

有趣的事实

肝脏是人体最大的腺体，也是人体的第二大器官（仅次于皮肤）。一个成人的肝脏重约1.5千克，相当于10只仓鼠的重量！

漂亮的胆汁

好吧，胆汁并不是特别漂亮，它是一种黄绿色的液体，坦白讲，相当恶心……但肝脏就是喜欢制造这种物质，而且理由充分！这种黏糊糊的物质能分解食物中的脂肪，对消化至关重要。

● 超级肝脏

肝脏基本上可以算是超级英雄，甚至可以再生。一个人可以捐献超过一半的肝脏给别人，而他们自己的肝脏在短短几个月后就会重新长出来！

强大的胰腺

胰腺是位于腹腔内的一个重要器官。它有两个超级重要的任务，那就是：

1. 产生消化液来分解吃下去的食物。
2. 释放激素（包括胰岛素），让血糖值保持在正常范围内。

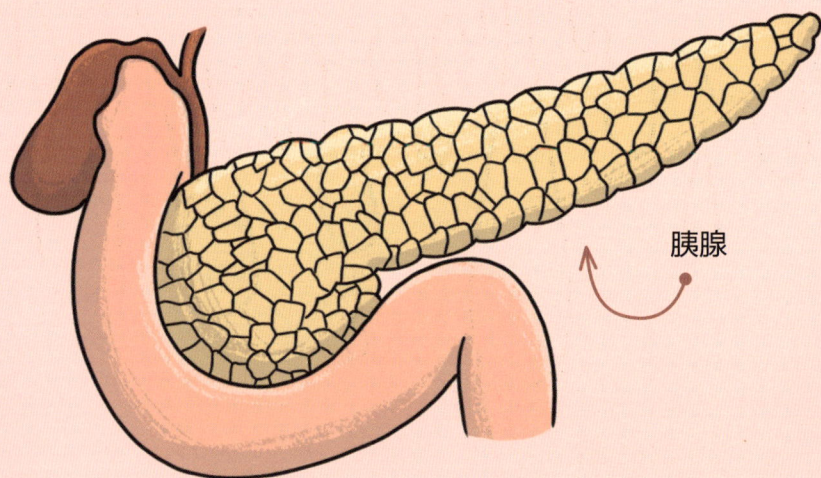

胰腺

神奇的阑尾

人体上有一个器官，可能**没有人真正了解它**，这个器官就是阑尾！

☀ 只有小拇指那么大。

☀ 人类是少数拥有这种器官的动物之一。

☀ 阑尾是从大肠里长出来的。

☀ 古埃及人称它为"肠虫"。

☀ 达·芬奇可能是第一个把阑尾画出来的人。

☀ 阑尾的出现可能是因为人体需要它来辅助免疫系统。

时至今日，科学家们仍然不能完全理解阑尾的作用，但让我们和人体最神秘的器官问声好吧！

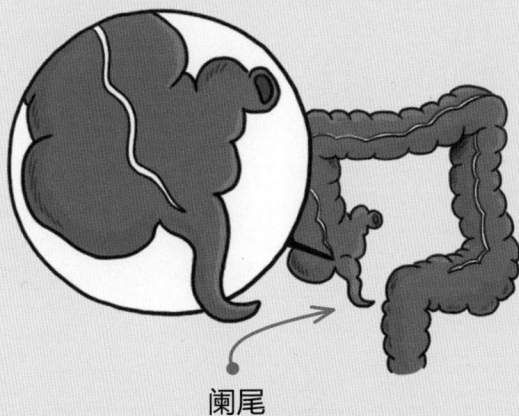

阑尾

肾脏的魔法

人的肾脏就像一对豆子形状的魔法师。肾脏帮人体清除血液中的废弃物，并将其转化为……尿液！

以下是五个关于神奇肾脏的数据：

* 大多数人一出生就有两个肾，但人只有一个肾也能活下去。

* 人的肾脏每天可以过滤170升血液——足够装满一个鱼缸！

* 荷兰医生威廉·科尔夫在1945年自制了透析机。一名女性在使用了用肠衣和与之固定在一起的木桶制作的透析机进行临时治疗后，多活了7年。

* 一张3 500年前的古埃及纸莎草纸画上首次记载了有关肾脏的描述。

* 大约1/10 000的人出生时有4个肾！

● 气温与健康

肾脏具有惊人的适应能力，但它们无法面对气候变化的挑战。

气温急升意味着在世界上的一些地区，比如中美洲和南亚，体力劳动者患肾病的比例更高。这是为什么呢？

极端高温意味着人们会出更多的汗，引发脱水，从而导致肾脏方面的疾病。

美国佛罗里达国际大学的罗伯托·卢基尼博士认为："肾脏疾病可以被认为是第一种与气候变化有关的疾病。"

小便地图

当人尿尿的时候，你认为会发生什么呢？这是人体内一股兴奋的液体离开身体时画下的地图。你也能创造出属于自己的小便地图！

当人喝水的时候，水进入人体内。

然后，水流入肠道和血液。

血液经过肾脏的过滤。

身体不需要的水都会进入膀胱。

膀胱就像一个小气球！它装满了水。

134

我真的需要尿尿

你知道吗？大多数8~12岁的人每天需要尿尿5~7次。通常成人的膀胱可以容纳350~500毫升的尿液！

这时，人就会有一种想撒尿的冲动。这意味着人在用自己的身体控制科学！

尿液进入尿道，这也是人体运转的一部分。

人需要停下来找个厕所，然后……

撒尿！

什么是尿道

这个问题很简单！尿道，就是一根把尿液从体内排出去的管子。男性和女性的尿道有所不同，男性的尿道大约是女性尿道的4倍长。

男性的肾脏和尿道

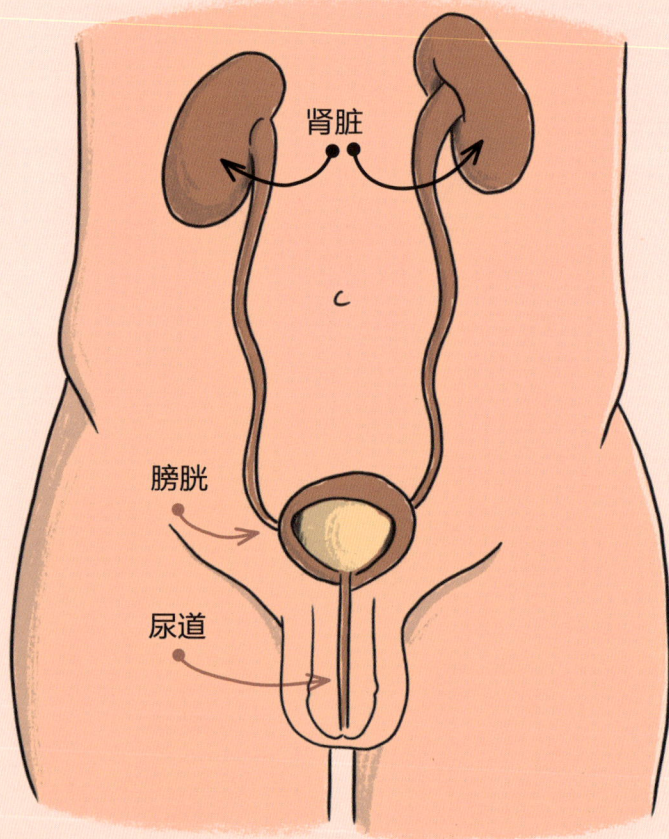

肾脏

膀胱

尿道

为了让尿道发挥作用，还需要括约肌的帮助——放松……冷静……放松。括约肌是围绕在肛门附近的一层强壮的肌肉。大脑会向这些部位传递信息，指示它们释放尿液。人的大脑和身体是不是很神奇？

女性的肾脏和尿道

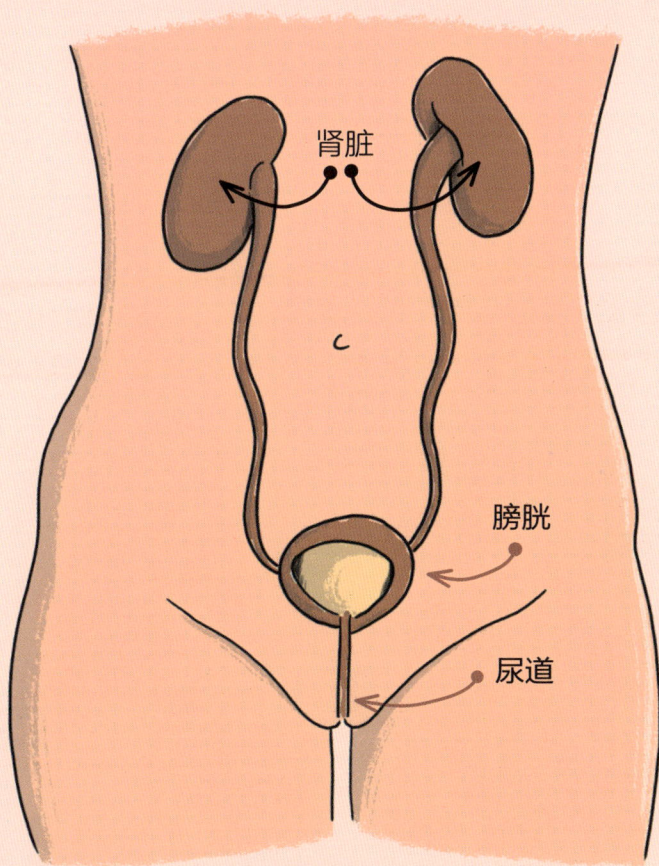

肾脏

膀胱

尿道

应对糖尿病

糖尿病是一种血液里糖过多的疾病。一种名为胰岛素的激素可以控制人体内的血糖水平，为了确保血糖水平不超标，一些糖尿病患者不得不给自己注射胰岛素。公元前1552年，埃及医生赫西·拉诊断出第一个患有糖尿病的人，他注意到这个病人经常上厕所，而且体重正在下降。

很久以前，有个人撒尿招来了一群蚂蚁，同行的医生出于好奇尝了一下尿液，发现尿是甜的。后来，这个人被诊断为糖尿病！如今，检测糖尿病的手段变得更科学了。

啊！没有什么比这小杯尿更美味的了！

容忍度测量表

有多恶心？

我能应付

不太行！

离我远点！

我要吐了！

第 9 章

迷人的肠道

　　你有没有听过自己的肚子"咕咕"叫？想知道你的肚子里发生了什么吗？不管是醒着、睡觉，还是在思考接下来吃什么，人的胃和大脑都在一起工作。

　　为什么一想到美味佳肴我们就流口水？为什么我们会去厕所拉便便？一切的答案都在迷人的肠道里，让我们一起来探索吧！

探索消化系统

人体从所吃的食物中获得所需的能量和营养。那么，吃下去的食物都去了哪里呢？

现在，请你找一块饼干，然后吃掉它。让我们通过消化系统开启这块饼干的消化之旅吧！

你知道吗？你刚刚吃下去的饼干从嘴到达胃大约需要8秒钟。

1

嘴巴
把饼干放进嘴里咀嚼！

2

舌头
把被嚼碎的饼干送入喉咙。

3

食道
饼干顺着食道滑到胃里！

4

胃部
用胃酸将饼干溶解！

5

胆囊
释放黄绿色的胆汁，帮助分解脂肪。

6

小肠
大部分的消化都发生在小肠。

7

大肠
食物残渣中的水液在这里被吸收。

8

直肠
储存便便，直到将便便排出来。

9

肛门
便便的出口！

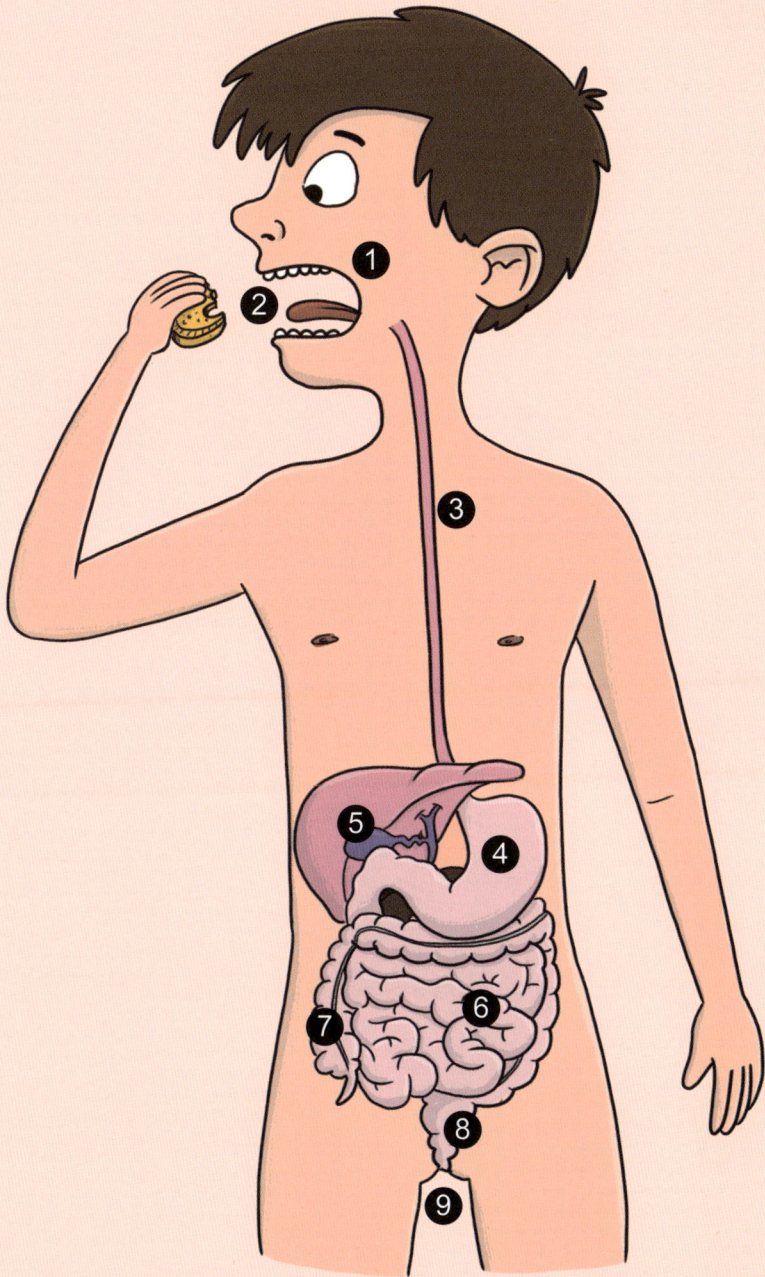

便便工厂

你有没有思考过便便是怎么产生的呢？好吧，这一切都始于……

• 黏糊糊的口水

口水，也被称为唾液，这种水状物质从口腔内的腺体流出，润湿食物，杀死细菌，保护人的喉咙免受胃酸的伤害。

• 肚子里的辉煌历程

胃是位于上腹部的一个袋子，负责处理食物。胃是人体最重要的部位之一。食物给人体提供能量，具体怎么提供呢？

- 食物经过咀嚼、吞咽，再进入食道。
- 到达胃部，被一种叫作酶的化学物质分解。
- 人一天中的最后一餐可能会在胃里停留长达4小时。
- 有害微生物在胃里被消灭。
- 食物或者供能物质通过身体的其他部位，产生能量。

有趣的事实

✳ 成人的胃可以容纳约
   1升咀嚼过的食物。

✳ 当人脸红时，他的
   胃黏膜也会变红！

● 团队合作

胃依赖大脑，大脑也依赖胃。这是怎么回事呢？

✳ 神经信号从胃传送到大脑。

✳ 或者从大脑传送到胃！这就是人为什么一
   想到食物就会流口水。

✳ 一旦我们开始进食，大脑就会告诉我们什
   么时候吃饱。

✳ 为了让大脑能够有所反应，我们需要慢慢
   地吃。

令人惊叹的消化过程

从嘴巴到肠道，再从肛门出来……

● 阶段1：饼干是怎么碎的

一旦你咀嚼饼干，唾液中的蛋白质（又叫酶）就会开始软化它。舌头会帮助你把碎饼干揉成一个黏糊糊的小团块，这样更容易吞咽。一旦饼干足够软，就可以通过你的超级滑梯——食道吞下去。

●阶段2：来到胃部，直到饼干变成小颗粒

消化系统的肌肉会继续压缩团块，直到饼干变成小颗粒进入胃里。一旦进入胃里，胃液会进一步分解，直到饼干变成一种黏稠的糊状物，学名叫"食糜"。

有趣的事实

人的胃里有足够溶解金属的酸！这种酸能在瞬间消灭有害细菌，还能使食物液化。但为什么胃酸不会把胃烧个洞？当然是因为有黏液层的保护。这层黏液会不断地得到补充，防止自身溶解。这就是进化带来的奇迹！

● 阶段3：营养下载

这一团食糜继续穿过弯曲的肠道，在那里，身体吸收所需要的一切营养物质。

欢迎来到肠道。肠道有小肠和大肠，它们是如何工作的呢？

✹ 小肠通过肠绒毛结构将营养物质送入血液。

✹ 大肠把废弃物变成便便。

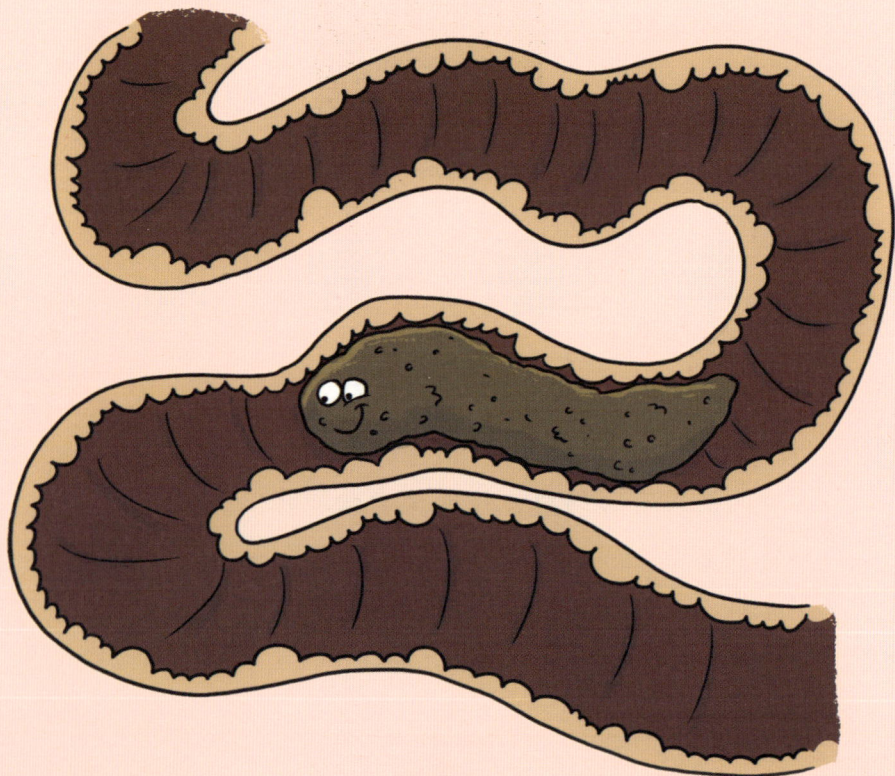

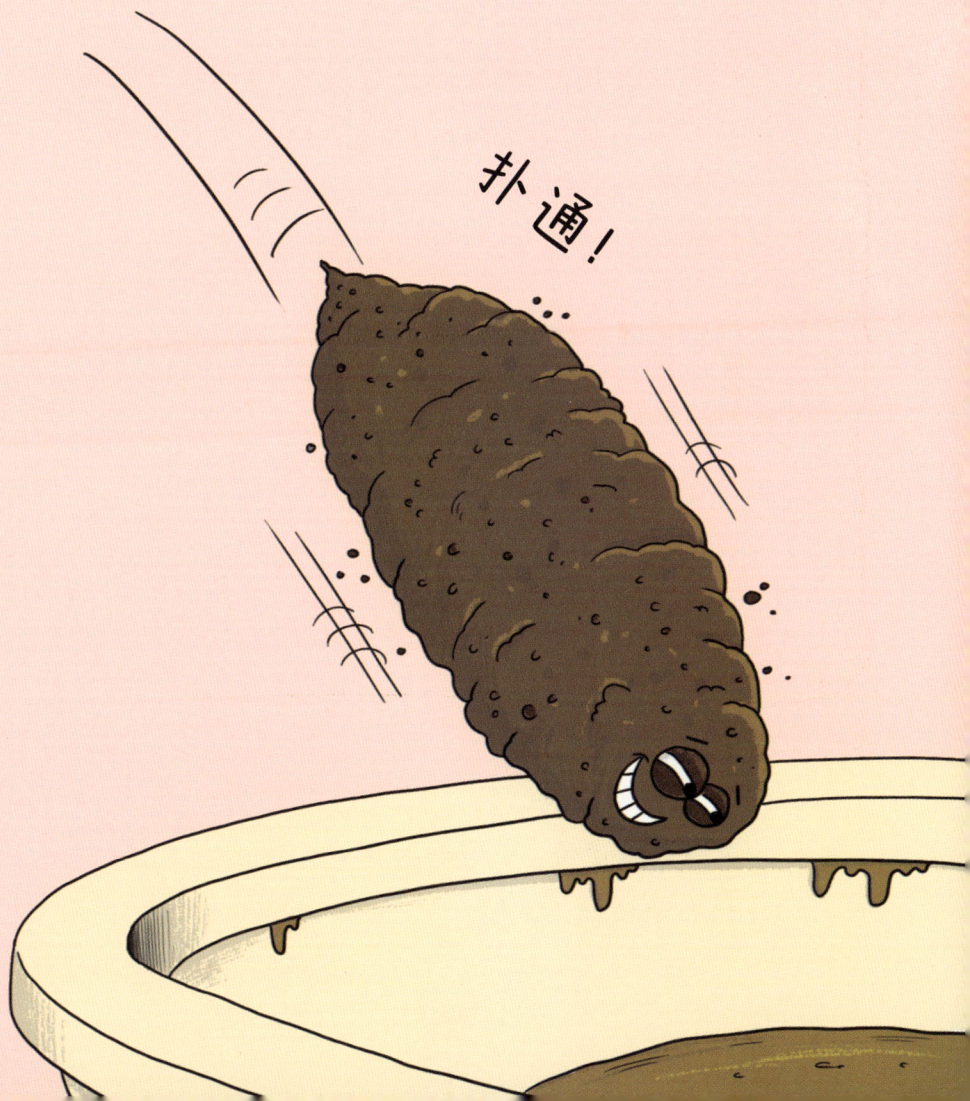

阶段4：完美的便便

最后，就产生了便便。只要吃东西，就需要排泄，每个人都是如此。"排泄"是身体清除废弃物的专业术语。有人还给便便这种棕色的东西起了雅称，比如"排泄物"或"粪便"。

扑通！

便便是由什么组成的呢？

· 水（约75%）
· 固体物质（约25%）

固体物质的组成如下：
· 难以消化的食物——有时身体不能完全消化吃下去的所有东西，所以需要将其排出体外。
· 黏液——肠道里的一些黏液被一起冲进了马桶。
· 细菌——肠道里有很多细菌，因此数以百万计的细菌也被带走了！

Q：为什么便便会有臭味？

A：细菌会分解便便，产生硫化氢等气体。臭鸡蛋散发出的臭味也是这种气体！

● 成型

便便有许多不同的形状和大小。可以是这样的……

像一根香肠

硬硬的块状

像一条蛇

软软的、黏糊糊的

糊状

灾难性腹泻

腹泻是"拉稀"的医学术语。通常不会持续很长时间，可能只有几天。一般由肠道感染引起，不是食物中毒，就是病毒感染。身体会向便便中加入更多的水，以此帮助排出体内的"入侵者"！

● 排出便便

每个人的排便习惯都是不一样的。有些人上厕所的次数比其他人多，这对他们来说是完全正常的。只要你的如厕习惯正常，只要你觉得健康，就没有理由不去上厕所，快乐地拉出来吧！

● 玫瑰味的便便？

面对现实吧，没有什么人的便便是玫瑰味的。你的便便有时可能会很难闻，这再正常不过了！臭味是由细菌释放的气体引起的，你吃的食物也会改变便便的配方和味道。

● 身体大爆炸

从美妙的人体里出来的不只是便便，消化系统还会让人体释放出各种恶心的气体……

噗——

呃……不好意思！

奇妙的嗝

　　打嗝，是身体排出多余空气的方式。当我们吃东西的时候，同时会吞下空气，然后通过**打嗝**来释放空气。

奇妙的屁

　　肠胃胀气后，会有大量有味道的气体从你的肛门溢出。屁也被称为：

"后门"的微风

臀部打嗝

屁股"噗噗"响

气体爆破

　　当食物在消化系统内被分解时，就会形成气体。这些气体需要从身体里释放出去，否则人就会像气球一样被吹起来，飘到云端。好吧，其实并不会这样。**但是**，身体需要以某种方式排出这些积聚的气体，因此会从"后门"将这些气体排出。

　　释放出来的气体一般都很难闻，有时因为人吃了特定的食物，味道可能会更糟糕。

如果你想让自己的屁闻起来**特别臭**，可以多吃些豆子和洋葱。毕竟……

神奇豆类，对心脏好处多多！
吃得越多，放屁越多！

噗——

关于便便的谣言

　　你有没有听说过，你的牙刷可能会沾上大便？据传言称，每次冲马桶时，冲力就会使便便颗粒在卫生间里四处飘浮，有些便便颗粒会落在牙刷上。

　　别担心。科学家们做了一项研究，测试牙刷上的粪便细菌——这种细菌只有便便中有。测试结果表明，牙刷上**几乎没有**便便！

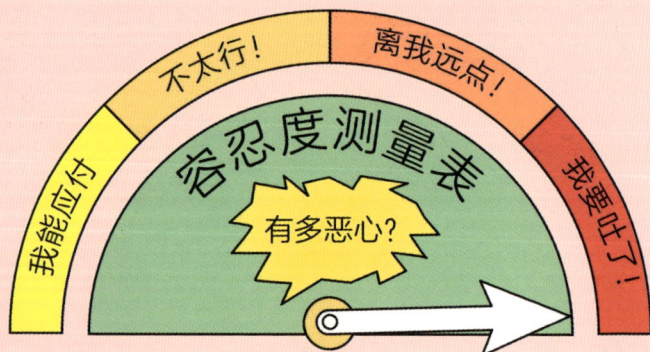

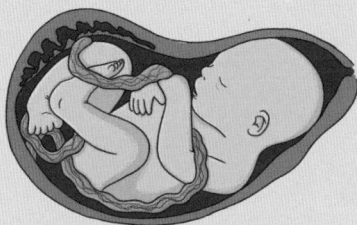

第 10 章

婴儿潮

　　从哺乳动物、鸟类到爬行动物、昆虫，甚至细菌，所有的生物都通过繁殖生育后代。

　　繁殖是生命延续所必需的行为。父母希望后代不仅能够存活，而且能茁壮成长，这样就能把自己的基因一代又一代地传递下去。

　　一些神奇的身体器官组成了生殖系统，让地球上的生物得以繁衍。

生命的延续

一般来说，繁殖方式主要有两种：

● 无性繁殖

就是生物自己创造出了后代。这种后代被称为克隆体，它的基因与母体完全相同。

无性繁殖还包括两种形式：

出芽繁殖，指的是母体上先长出与母体相似的芽体，芽体长大后脱离母体，成为新的个体。珊瑚、水螅和海葵就是这样繁殖的。

分裂繁殖，指由一个生物体直接分裂成两个新个体。有些蠕虫可以一分为二，变成两条独立的虫子，比如蚯蚓。

很高兴认识你！

你看起来很眼熟……我们以前见过吗？

● 有性繁殖

即两个生殖细胞结合在一起，创造出一个胚胎。一个生殖细胞来自雌性（女性），另一个来自雄性（男性）。这个过程称为受精。

✳ 在大多数动物中，包括哺乳动物，生殖细胞在雌性体内结合，然后生长并发育成一个胎儿。

✳ 一些动物的后代，如鸟类或爬行动物，在雌性体外的卵中发育。雌鸟或雌性爬行动物产下受精卵，并看护它们直到孵化。

人类和其他哺乳动物一样，通过有性繁殖繁衍后代。女性的身体提供了胎儿成长和发育所需要的一切。

男性和女性有不同的生殖器官，又分为内生殖器和外生殖器。

出色的女性

一个女婴出生时就拥有了她一生所有的卵子——每个卵巢中有50多万颗卵子，总数超过100万颗！

奇妙的卵细胞

☀ 卵子的学名是卵细胞。

☀ 卵细胞是人体中最大的细胞。卵细胞的直径约为0.1毫米，比精子细胞大20倍！

☀ 卵细胞一开始是不成熟的，这意味着它们仍然需要发育。只有成熟的卵细胞才能在排卵过程中被释放出来。

☀ 如果卵子没有受精，它的寿命就很短，不超过2周。

☀ 冷冻保存不会损害卵子，这意味着女性可以提取卵子并冷冻，冷冻的卵子可以在多年后被用来受孕！

女性生殖系统

·输卵管

连接卵巢和子宫。

·子宫

这个肌肉器官是中空的，有弹性，可以容纳正在成长的胎儿。

·卵巢

两个小小的杏仁状器官，位于下腹两侧。

·宫颈

连接子宫和阴道的部位。

·阴道

从外阴延伸到子宫的肌肉管。阴道是经期子宫内膜脱落后经过的地方，也是分娩时胎儿通过的地方。

·外阴

阴道的入口，这是女性生殖器的外露部分。

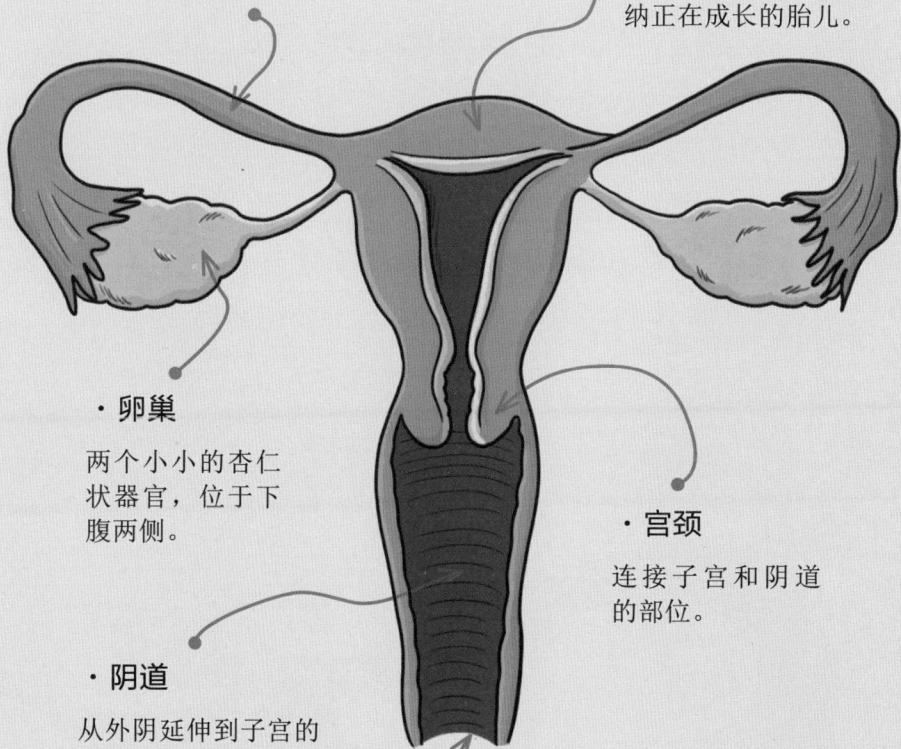

每月一次

　　女性通常在12岁左右开始来月经（初潮）。可能发生得早一点，也可能晚一点。我们可以以此作为参考——初潮通常发生在长出腋毛和阴毛之后。当女孩迎来初潮，她就开启了人生的另一个美好阶段。

　　女孩一旦来月经，卵巢就会每月排出一次卵子，这就是排卵期。在排卵期，卵子从卵巢沿着输卵管移动到子宫。如果卵子没有受精，就会死亡。由于激素的释放，子宫内膜会随之剥落，卵子也随之排出。卵子和一些血液、子宫内膜通过阴道排出，这就是所谓的"月经"。正常情况下，女性每个月都会来一次月经，除非怀孕或是绝经。

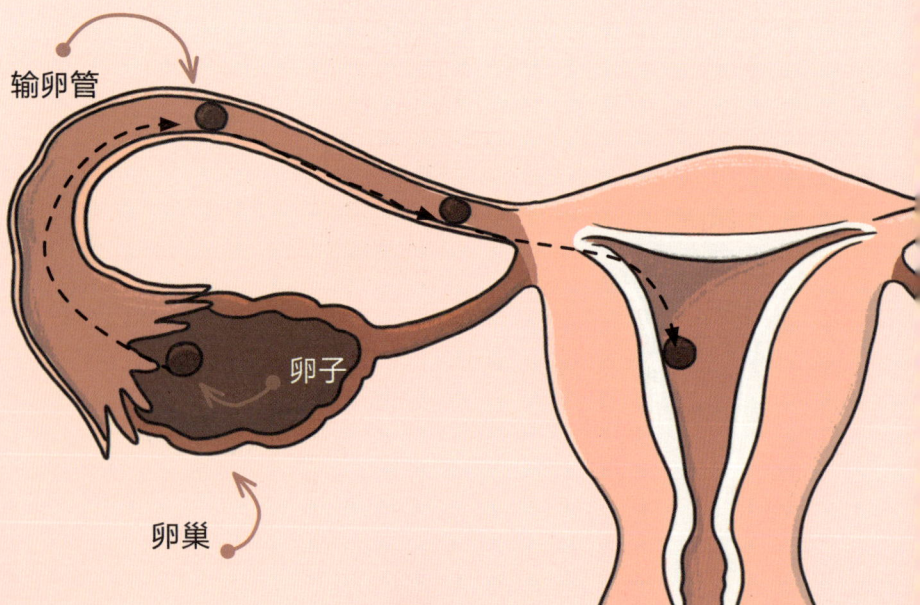

输卵管

卵子

卵巢

● 为月经做好准备

月经初潮可能会让人大吃一惊，但大多数女性都会经历这个过程。

以下是一些关于身体变化的细节，可以提前做一下了解：

- 🌟 每次月经会流失3—5汤匙的经血，约20—140毫升。

- 🌟 有些刚开始来月经的女孩可能会出现肚子痛等情况，这可能是她们未曾想到过的。

- 🌟 除了准备卫生巾等用品，还需要做好心理准备！当然，这并不容易，因为第一次月经可能不知道什么时候就来了。或许可以问一问已经来月经的朋友，看看她们是如何应对月经初潮的。

- 🌟 和妈妈或身边的女性长辈聊一聊，她们会理解并提供一些帮助。

- 🌟 如果你知道身边某个亲近的人也正在经历这个阶段，请支持她，我们应该互帮互助。

男性的生殖器官

男性的主要生殖器官是睾丸。两个椭圆形的睾丸位于阴茎后面一个叫作阴囊的袋子里。这是男性生殖器的关键部位，因为睾丸产生男性生殖细胞——精子。

有关精子的细节

- 精子的形状像蝌蚪，有长长的尾巴。

- 男性的身体里有超过5 000万个精子在游动，试图与卵子结合。

- 但最终只有1个精子能越过终点线！

- 精子游动的速度约每分钟5毫米——但考虑到它们是如此之小，只有约0.065毫米长，这已经算是很快的速度了！

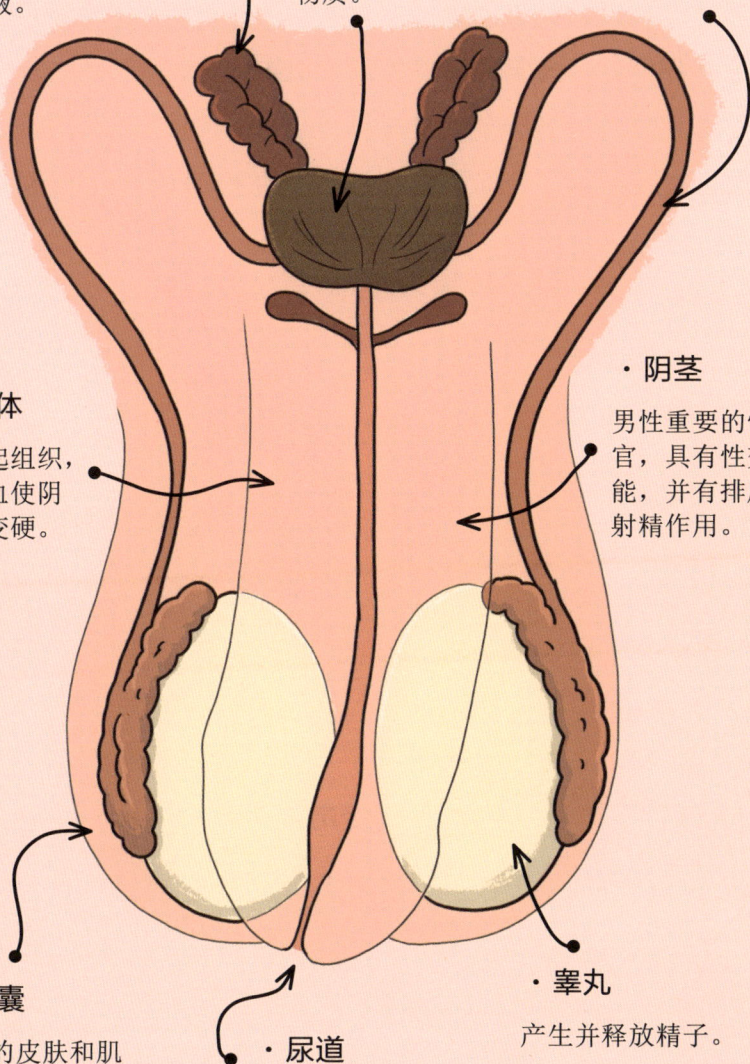

·精囊

精囊释放的液体
与精子结合形成
精液。

·前列腺

前列腺产生滋养
精子细胞的化学
物质。

·输精管

精子通过输精管从
睾丸来到阴茎。

·阴茎

男性重要的性器
官，具有性交功
能，并有排尿和
射精作用。

·海绵体

一种勃起组织，
通过充血使阴
茎变粗变硬。

·阴囊

这里的皮肤和肌
肉保护和支撑着
睾丸。

·尿道

尿道可以让充满
精子的精液离开
身体。

·睾丸

产生并释放精子。

163

孕育新生命

　　当一个男人和一个女人结合在一起时，少量的精液通过阴茎进入女人的阴道。这些精液含有近**1亿个精子**，这些精子向上游动至子宫，进入输卵管，最终与卵子相遇。相遇后，精子会试图与卵子结合。但只有一个精子最终能进入卵子，使卵子受精。剩下的**99 999 999个精子**都死了！

● 妊娠期

　　卵子受精后，就是人们通常所说的"怀孕了"，这也意味着妊娠期的开始。妊娠期是指母体在生产前将胎儿孕育在体内的一段时间。对人类来说，这个周期通常是40周。

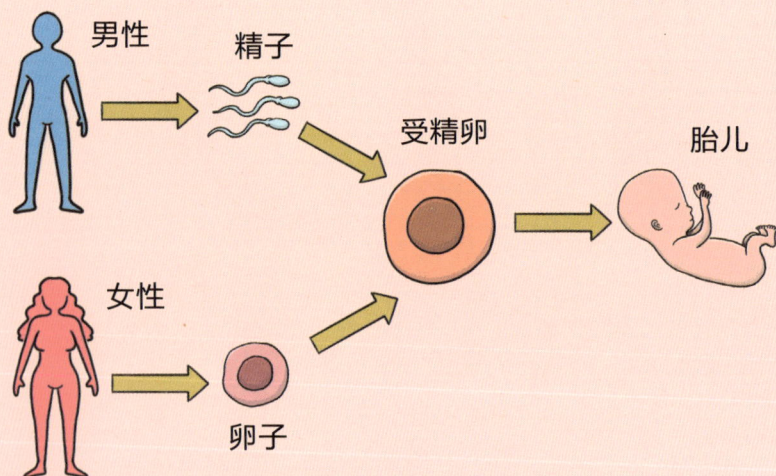

男性　精子
女性　卵子
受精卵
胎儿

男孩的变化

当一个男孩到达青春期时，他会经历各种各样的身体变化，包括阴茎勃起。这是因为阴茎里的海绵体血流量增加，导致阴茎变硬，变得更大，可以从身体上"站起来"。

男孩可能经历的另一个变化就是"梦遗"，这种现象指的是在睡梦中射精。射精，是指精液（含有精子的乳白色液体）从勃起的阴茎头处流出。射精后，阴茎会再次变软。

这些完全是成长过程中非常正常的生理反应！当男孩体内的激素水平稳定下来，他意外勃起和梦遗的次数就会减少。

胎儿的发育过程

一旦受精，卵子就会开始分裂。1个变成2个，2个变成4个，以此类推。

一团新的"细胞块"进入子宫壁内，最终发育成胎儿。

✳ 起初，这些发育中的细胞被称为胚胎。

✳ 大约8周后，细胞变成胎儿。

胎儿在一个叫作羊膜囊的"育儿袋"里生长，羊膜囊里充满了一种叫羊水的透明液体。这种液体在胎儿生长过程中起到非常重要的保护作用。

胎儿通过一束叫作脐带的血管与母体相连，脐带将胎儿的腹部与一个神奇的器官——胎盘连接起来。胎盘非常重要，它将营养物质和氧气从母体传递给胎儿，同时也帮助胎儿把废弃物运走。

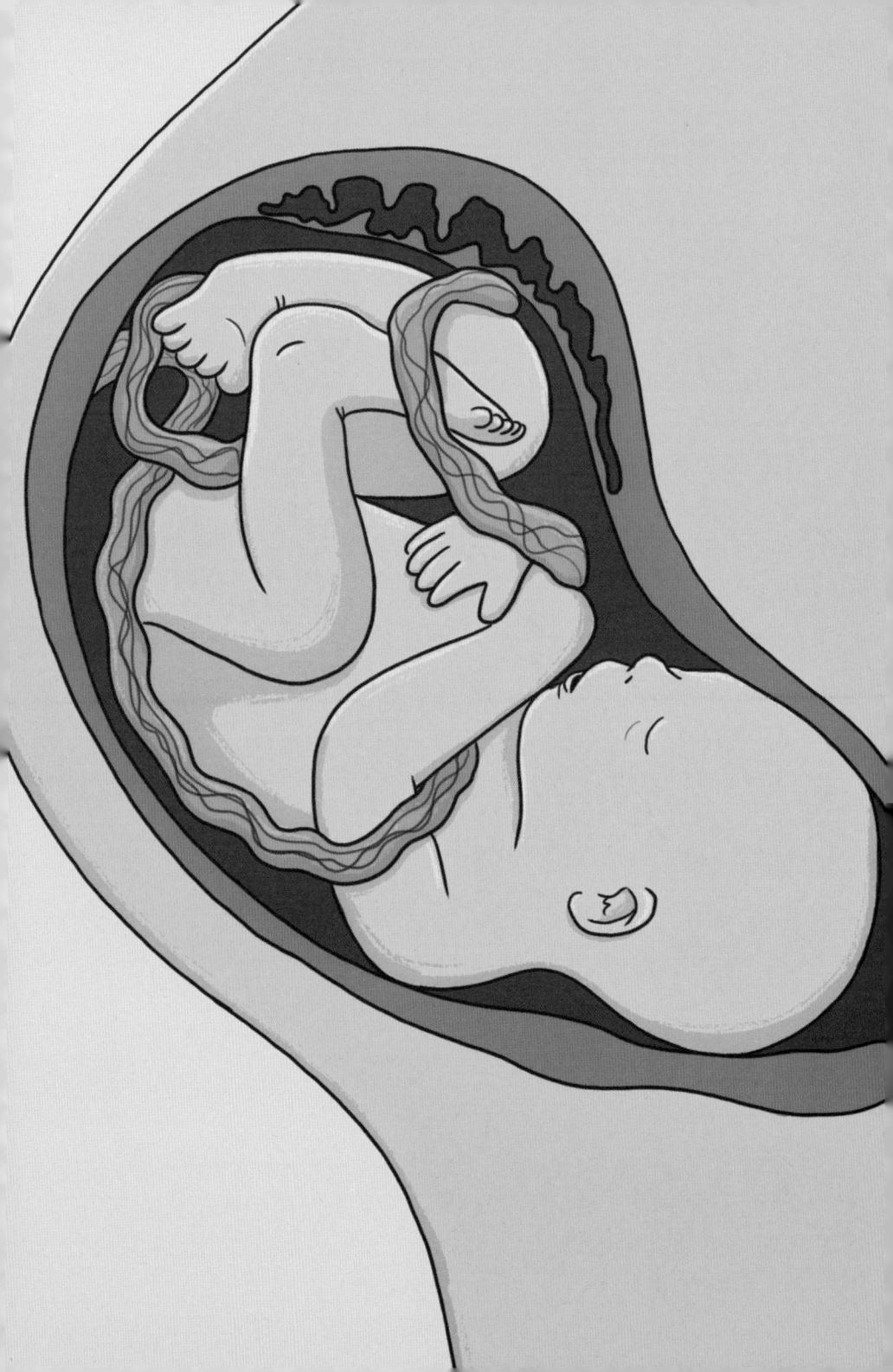

欢迎来到这个世界

约40周后，一个婴儿就要降生了！

当女性开始分娩时，子宫颈（子宫的底部）会张开并扩张，形成一个很宽的开口，通向阴道。整个过程是伴随着宫缩展开的。

随着时间的推移，宫缩加速，子宫肌肉收紧，将胎儿推向子宫口。胎儿缓慢地通过阴道，从母亲的身体里出来。剪断脐带，宝宝出生了！

关于新生命的小·知识

* 人类婴儿出生时没有膝盖骨。

* 小蓝鲸每小时可以增重约10公斤，这相当于一个汽车轮胎的重量。

* 小猪在出生2周内就能识别出猪妈妈的声音。

* 海马是由雄性海马分娩出来的，而不是雌性海马！

动物的妊娠期

在动物世界里，每种动物的孕期长短都各不相同！

（全世界最短）

弗吉尼亚负鼠	12天
蜈蚣	4周
松鼠	6周
狼蛛	6周
蛇	6周
黑猩猩	8个月
大猩猩	8.5个月
人类	40周
海牛	13个月
骆驼	13—15个月
长颈鹿	15个月
绒虫	15个月
海豚	17个月
抹香鲸	19个月
印度大象	22个月

新生命的诞生是美妙的，但有些生物的繁殖方式就不那么友好了……

● 令人不适的出生

根头目甲壳动物，简称根头目，以一种令人不适的方式把孩子带到世界上。根头目会漂浮在海洋中，直到遇到一只可怜的雌蟹，然后它就会依附在螃蟹的壳上。根头目长出针管状的小块，钻进螃蟹的壳中，再爬进螃蟹的鳃里，在那里安家了！

根头目在螃蟹的全身长出广泛的根系，直到这些奇怪的根长到螃蟹装卵的洞里。根须继续生长，控制了螃蟹的许多功能。当根茎吸走螃蟹的能量时，雌蟹慢慢地变成了不育，这意味着雌蟹的卵不再具备繁殖的功能。可怜的螃蟹妈妈！

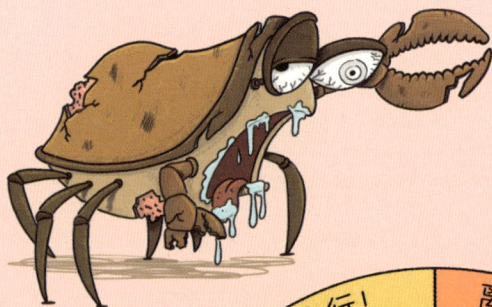

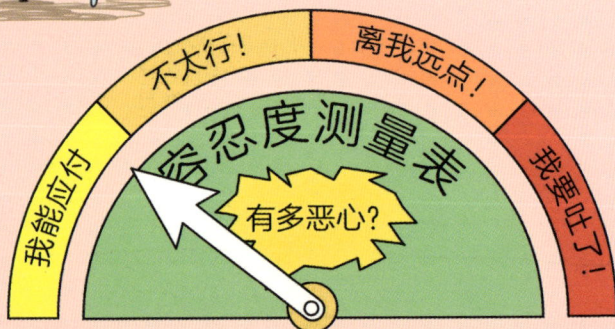

不太行！

离我远点！

我能应付

恶忍度测量表

有多恶心？

我要吐了！

第 11 章

奇妙的心灵，甜美的梦

人类与其他动物有一个特殊的区别，那就是人类拥有丰富的创造力和智慧的头脑！大脑能让人类用语言交流、产生意识、使用工具，以及创造文明。而这仅仅是个开始！

著名剧作家莎士比亚对此有一个很好的解释：

"人是一件多么了不起的杰作！多么高贵的理性！多么伟大的力量！"

——《哈姆雷特》第二幕，第二场

那么，让我们来看看莎士比亚说的是什么……

买一送一

人的**大脑**和**思维**都位于身体的同一个部位，但它们又是不同的。那么，区别在哪里呢？

大脑由实际的物质构成，它就是人颅骨里的那块组织。而**思维**则由以下几个部分组成：

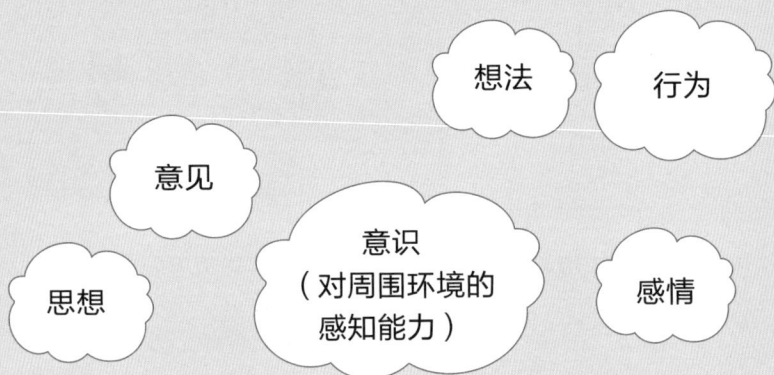

想法

行为

意见

意识
（对周围环境的
感知能力）

思想

感情

这些思维行为都源自聪明的大脑，但思维其实并不存在。想想看，你有一部分是隐形的——你的脑袋里在想什么！

这就是为什么我们人类是特殊的。人类的智力反映了我们从经验中学习、适应新环境、理解不同的概念，以及利用知识做出改变的能力。数百万年前，当露西第一次开始使用工具狩猎时，发展智力对她来说便至关重要。露西的智慧让她能够适应环境，这促进了人类的进化！

了不起的适应能力

适应能力意味着一个人可以通过学习新的技能和行为来应对环境的变化。

适应能力的发展需要我们同时具备多种不同的思维能力，它们有时甚至是同时发挥作用的。以下只是其中的一部分，你能给每一种能力找到准确的描述吗？

感知力

A. 获得新知识、理解、行为或技能的能力。

学习能力

B. 逻辑思考的能力。

记忆力

C. 大脑存储和检索信息的能力。

推理能力

D. 通过感官看到、听到或意识到某个事物的能力。

解决问题的能力

E. 面对问题或困难时，找到解决方案的能力。

答案：感知力/D，学习力/A，记忆力/C，推理/B，解决问题/E

思维和身体

神奇的思维和了不起的身体是最好的朋友，它们相互关联。这意味着我们的想法或感觉会表现在我们的身体上，这就是所谓的身心联系。

以下是一些具体的表现：

* 当人感到紧张的时候，心里会发慌。

* 一想到恶心的东西就发抖。

* 感到尴尬时会脸红。

* 在漫长的一天结束后打哈欠。（有趣的是没人知道我们为什么打哈欠！）

你还能想到思维和身体相互联系的其他表现方式吗？

思维和身体颠倒

　　我们也可以把事情颠倒过来，用身体来影响思维。比如深呼吸可以让你忙碌的大脑冷静下来，那么随着时间的推移，你的大脑会明白这就是深呼吸的意思，一旦你开始深呼吸，大脑就会慢慢冷静下来。如果这不起作用，你可以找一个支持你的人谈谈，比如朋友、老师或家人。记住，所有的情绪都是有用的。

睡眠科学

睡眠是我们每天重置大脑，维持身体健康的最有效的方法。它对健康的身体和心理的塑造是必不可少的。睡眠会影响我们的思维、感觉和情绪，因此睡个好觉很重要！

你知道入睡后的1分钟内，身体会发生哪些变化吗？

☀ 体温开始下降。

☀ 大脑活动减弱。

☀ 心率和呼吸频率也变慢了。

睡眠可不像闭上眼睛打个盹儿那么简单。睡眠有4个不同的阶段，被称为睡眠周期，这些周期是睡眠运作的基础。

睡眠周期

1. 打瞌睡

越来越困，3、2、1……

2. 慢下来

已经睡着了，
但此时仍然很容易被吵醒。

3. 非快速眼动（Non-REM）睡眠

REM的意思是快速眼动（Rapid Eye Movement），
但此时还没到那个阶段。非快速眼动睡眠是指
人还没有进入深度睡眠，此时，身体更加
放松，脑电波开始变慢。

4. 快速眼动（REM）睡眠

大脑活动再次激增，整个身体进入一种暂时的
麻痹状态，意味着身体不能移动。
这是为了防止我们把梦境当真并付诸行动！

准备进入快速眼动睡眠

☀ 快速眼动睡眠对我们的记忆力和学习能力的提升很重要。

☀ 大多数人每晚都会做两小时左右的梦。

☀ 你可能不记得你做的大部分的梦。

☀ 梦可以发生在睡眠的任何阶段，但在快速眼动睡眠中更容易发生。

☀ 快速眼动睡眠期间的梦通常是生动的、离奇的，甚至是古怪的！梦里可能有机器人大战、小丑的追逐、外星人入侵或毛绒玩具脱口秀！你昨晚梦见什么了？把梦写下来，和你的朋友分享一下吧！

● 多彩的梦

梦是睡眠中最迷人的部分，涉及图像、思想和感觉。梦存在的意义至今还没有得到明确的解释。

✸ 大多数的梦都是由某种形式的视觉图像组成，但它可以涉及所有的感官。

✸ 有些人做的梦是彩色的，而有些人做的梦是黑白的。

✸ 盲人的梦往往涉及他们的其他感官，如听觉、味觉和嗅觉。

梦之队

科学家们仍在研究梦的作用，虽然还没有明确的答案，但梦可能对以下方面很重要：

☀ 建立回忆。

☀ 处理情感。

☀ 组织想法。

● 讨厌的噩梦

任何与消极情绪相关的梦，比如焦虑或恐惧，都是噩梦。有些噩梦很容易应对，就像那个在路上追你的可怕的小丑一样，那不是真的，你在床上很安全！

但有些噩梦可能反映了你日常生活中的恐惧和担忧，比如即将到来的考试。如果是这样，请尝试与他人分享你的梦和担忧，分享是一个不错的纾解方式，可以帮你减轻内心的压力！

像猪一样聪明

人类不是地球上唯一的智慧生物。**动物认知**是生物学的一个奇妙分支，研究动物如何——

☀ 思考。

☀ 沟通。

☀ 理解概念。

☀ 表现出同理心（理解其他动物的感受）。

☀ 解决问题。

表现出非凡智慧的动物有：

💡 猪	💡 章鱼
💡 非洲灰鹦鹉	💡 大象
💡 鸽子	💡 黑猩猩
💡 乌鸦	💡 宽吻海豚
💡 老鼠	💡 红毛猩猩

有趣的事实

✳ 猪和老鼠都跟狗一样聪明！

✳ 章鱼是唯一一种进入聪明榜单的无脊椎动物。

✳ 大象的大脑是陆地动物中最大的。

✳ 海豚是少数几种能在镜子里认出自己的动物！

✳ 狗的智力水平可以达到两岁的人类！

将军！

动物明星

灰鹦鹉亚历克斯

出生于1976年，是许多人研究的对象。它非常聪明，能认出颜色和形状，以及钥匙之类的东西。亚历克斯甚至还能认出不同的数字！

海豚阿克亚卡迈

可以识别人类饲养员用手臂和手掌做出的不同姿势。它学会了一些单词，并最终学会了一连串的单词——这些单词可以组成句子，比如"把球投进篮筐里"。

海洋里的章鱼

　　章鱼是海洋中最聪明的动物之一，有超强的记忆力。它们可以解决问题，通关迷宫，甚至玩游戏！

　　虽然章鱼的神经系统有一个中枢大脑，但它们的大部分神经在8只触手上形成了一个网络，就像8个额外的"迷你大脑"。难怪它们这么聪明！

　　许多国家研究认为章鱼是有知觉的生物，这意味着它们可以感知和感觉事物！

精神控制：可怕的真菌

在巴西热带雨林深处，人们可能会遇到一只像是在耍杂技的蚂蚁，它用下巴把自己挂在树叶上。因为这只蚂蚁吸入了偏侧蛇虫草菌的孢子，被真菌控制，变成了"僵尸蚂蚁"！

感染后的"僵尸蚂蚁"会感到被胁迫或被控制，于是离开家园，爬上附近的植物。在真菌的精神控制下，蚂蚁把它的下巴挂在一片叶子上。这一动作向真菌发出信号，是时候采取最后的撒手锏了——它让一根茎冲破蚂蚁的外壳！

然后茎秆爆炸，将真菌孢子洒向森林的地面。孢子落在蚂蚁家族的其他成员身上，将它们一个个僵尸化……

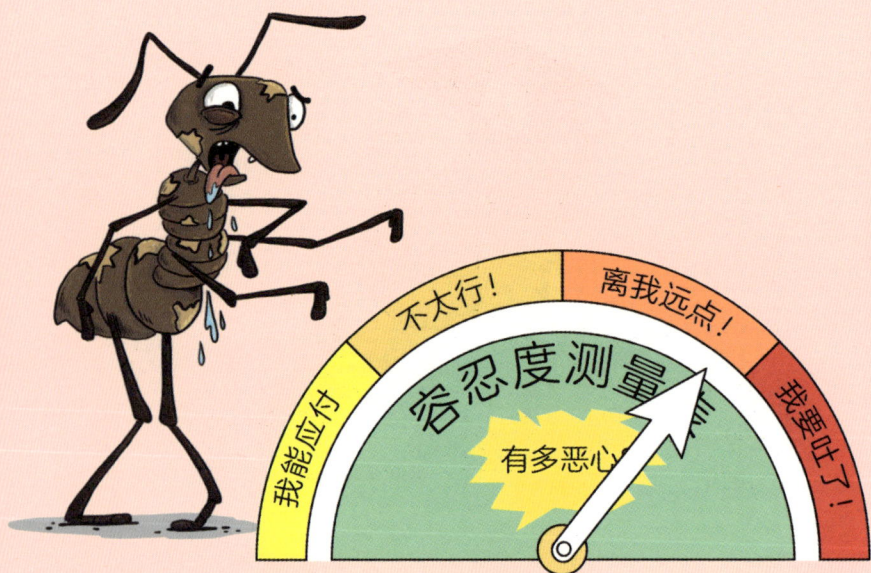

容忍度测量
有多恶心
我能应付
不太行！
离我远点！
我要吐了！

第 12 章

形体之美

你是进化的奇迹，是独一无二的人类！

你是由 7 000 000 000 000 000 000 000 000 000 000个原子组成，而你身体里的每个原子都有数十亿年的历史。

这让每个人都很特别，但有时我们很容易忘记这一点。我们要时刻提醒自己，每一个人都是与众不同的！

自我身体形象

自我身体形象是个体对自己身体各方面的特征所形成的意象。在形成意象的过程中你可能会：

* 和别人比较长相。

* 隐藏自己的某些身体部位，因为你不喜欢它们。

* 很难找到适合自己的衣服。

* 担心胎记、伤疤或斑等。

● 如何积极看待自己的形象

每个人都应该接受自己身体本来的样子，都应该对自己的形象保持积极乐观的态度。因为每个人的身体都是独一无二的，特别的。下面是你每天都可以做的一些小事情，可以让你更积极地看待自己的形象：

* 鼓励你的朋友喜欢他们自己："嘿，你看起来棒极了！"

* 赞美别人。不要只赞美他们的身体，还有他们的头脑和他们的善良。

* 避免对任何人的身体发表消极评价，不管是你自己的，还是你朋友的。

* 事实上，想一想你是否真的有必要谈论别人的身体。毕竟，这是他们的身体，不是你的！

* 敢于面对并拒绝那些说话不友善的人。

* 请记住，我们在屏幕上看到的完美身材，并不总是真实的。尤其是在社交媒体上，明星也会使用各种"技术"让自己看起来"更好"。

* 提醒自己和身边的每一个人——

没有完美的身体！

关注你的思维

我们看待自己身体的方式以及我们对自己的想法和感觉被称为**自尊**。自尊不仅与外表有关，还与我们的自信程度有关。

当有良好的自尊时，我们就能：

* 相信我们自身有价值，值得拥有生活中美好的事物；

* 认可并重视我们所拥有的技能和能力；

* 不担心别人怎么看我们；

* 不害怕犯错误；

* 乐于分享我们的观点和想法；

* 相信我们要说的话很重要；

* 善待自己。

但有时，我们可能会发现很难相信自己，或自我感觉太过良好。没关系，与自尊斗争是正常的，自尊在人生的不同时期都会有所改变。

自尊

第一个提出"自尊"这个概念的人是美国科学家威廉·詹姆斯。他花了12年时间，写了一本涉及自尊的心理学著作——《心理学原理》。这使得"自尊"成为心理学，也就是思维科学中最古老的概念之一。

击掌！

我是谁

知道自己是谁并不是一件容易的事情。有些人在很小的时候就知道自己是谁，有些人可能需要几年甚至几十年才知道！那是因为每个人都是不同的。

以下是一些你应该问问自己的问题：

1. 你知道做什么事容易，做什么事困难吗？
2. 你在生活中是干净、整洁、有条理，还是时常凌乱、容易丢东西？
3. 你时常操心很多事情，还是根本不操心？

如果你能回答这些问题，那么你已经有很好的自我意识了。如果回答不了，也不要担心，随着年龄的增长，你会有更多的自我意识。

理解差异

每个人都是独一无二的，这也是我们人类的特征之一。以下是我们可能存在的一些不同之处：

* 年龄

* 性别

* 眼睛的颜色

* 肤色

* 头发（颜色、弯曲程度等）

* 种族（文化、语言等）

* 社会交往能力

* 智力水平

* 身体素质

* 学习、思考的方式

* 心理素质

差异可能意味着人们在生活中会面临更多的挑战。

我们都是独一无二的

萨拉·兰金是一位白细胞和干细胞生物学教授。她在学习生涯中找到了确保自己达到预期成绩的方法——使用视觉线索和模型来辅助记忆。直到后来，她才意识到自己一直生活在学习差异中。萨拉现在已经接受了自己的神经多样性，并相信这种多样性会赋予她决心和力量，并成为她打开成功之门的钥匙。

李尚默是一位海洋学教授，他花了数十年时间研究海洋。一场事故使他四肢瘫痪，他的生活从此发生了巨大的改变。但他没有因为残疾而退缩，他的科学成就使他在韩国成为家喻户晓的科学家。李尚默不仅继续着他的科学事业，还提高了人们对残障人士的认知。

罗斯·艾林-埃利斯是一位英国的女演员，她和舞伴乔瓦尼·佩尼斯一起获得了英国2021年《舞动奇迹》的冠军，她也是第一位在该综艺节目中获得冠军的聋哑人。她们这段获奖舞蹈的特点是在沉默中起舞，这番设计被视作向聋哑人群体的致敬，并被授予了"2021年英国年度电视时刻"。

●一个更美好的世界

　　希望我们共同努力，建立一个这样的世界：**每个人都因其差异而受到赞扬，所有不同背景的人都享有同样的机会。**

　　我们距离实现这一目标还有很长的路要走，这意味着所有人都有责任为实现这一目标而共同努力。

美好的幸福

把你的身体想象成一辆汽车，它是驱动你神奇思想的交通工具！

☀ 你需要经常使用这辆汽车，以确保它始终正常工作；

☀ 你需要给这辆汽车加上正确的燃料。

那么我们该怎么做呢？

●适量运动

每天尽量进行一些体育运动，比如跑步、跳舞、跳绳……这些都算！

当然还可以在家里帮家人分担一些家务：打扫卫生，做园艺，还有换床单；

晚饭后和家人一起散散步；

度假时，徒步、骑自行车或游泳；

减少看电视、玩电脑和玩手机的时间……

● 保持健康饮食

健康、均衡的饮食对维持健康至关重要。不仅如此，健康饮食还会让你感觉很棒！

水果和蔬菜：每天至少吃5种蔬果来补充维生素和矿物质。

碳水化合物：土豆、面包、谷物或意大利面能为你提供能量。

蛋白质：能帮助你长个子！可以通过食用豆类、鱼、蛋或肉来补充。

膳食纤维：纯麦饼干、无盐坚果和瓜子能让你的消化系统运转良好。

乳制品：牛奶、奶酪、奶油、芝士和酸奶等，有助于强化骨骼。

油脂：少量食用含有不饱和脂肪酸的油和酱料，以补充必需的脂肪和维生素。

另外，为了促进消化，请确保每天至少喝6—8杯水！

这类食物适合你吗？

有些人可能会对某种食物过敏，或有其他饮食方面的限制，因此要经常检查你吃的东西是否适合你。如果你不确定，可以问问父母，他们可以带你去看医生。

不可思议的微生物

你之所以能成为你，还有别的生物的功劳。那就是生活在你**身上**和**体内**的微生物群！

微生物群包括有益和潜在有害的微生物。它们大多数是与人体共生的（对身体有益），但有些是致病的。在一个健康的身体里，这两种类型的微生物通常是共存的，不会产生任何问题。但有时也会失去平衡，滋生更多的致病菌，从而导致健康出现问题。对于免疫力较弱的人来说，可能还会有大问题。

微生物群包括：

✹ 皮肤表面的细菌和真菌；

✹ 肠道里的细菌。

肠道微生物群包括肠道内的所有微生物！这些神奇的细菌有助于：

✹ 消化食物；

✹ 调节免疫系统；

✹ 保持大脑健康和神经状态良好。

有趣的事实

✳ 大多数皮肤微生物生活在人的表皮层。

✳ 忘掉虱子，想想微生物！它们生活在人的毛囊里。

✳ 肠道中大约有100万亿个细菌。

✳ 人体内的细菌比人体细胞还多！

通往成功的6个步骤

1. 你的身体是你的，而且只属于你——接受它吧，包括你的鼻屎。

2. 每个人都是独一无二的，每个人的身体都是美丽的。是你的思想和行动成就了你，而不是你的外表。

3. 自信一点，充满创造力，活在当下。过去已成历史，未来不可预知，请为现在而活！

4. 保持善良，善良的人总会赢。

5. 不要拿自己和别人比较。只有这样，你才会意识到自己是多么的独特。

6. 身体里大约56%的细胞是细菌，只有44%是人类细胞。这一点可能让你觉得有点难以接受。

但这也是你如此优秀的原因。
你就是你！

等等，我们体内的细菌比人体细胞还多吗？

即使是对容忍度测量表来说，这信息量也太大了！
容忍度测量表都裂开了！

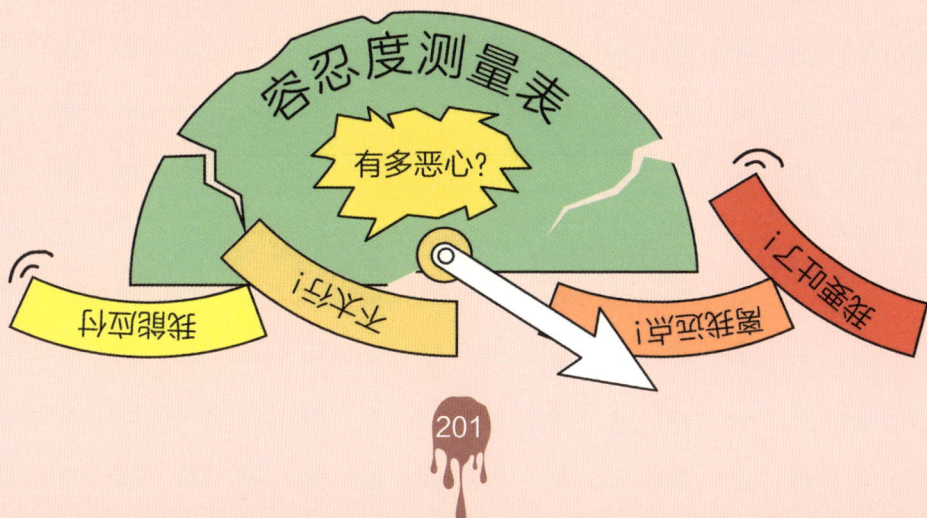

容忍度测量表

有多恶心？

不太行！

我很反感！

我想吐了！

我想死！

201

奇怪的知识又增加了

战胜病毒

[英]保罗·伊恩·克罗斯 著

[英]史蒂夫·布朗 绘

纪园园 译

中国纺织出版社有限公司

How to Vanquish a Virus

Text copyright © 2021 Paul Ian Cross

Illustration copyright © 2021 Welbeck Publishing Limited

Simplified Chinese translation copyright © 2024 by Beijing Fast Reading Culture Media Co., Ltd.

著作权合同登记号：图字：01-2024-0166

图书在版编目（CIP）数据

战胜病毒 / （英）保罗·伊恩·克罗斯著；（英）史蒂夫·布朗绘；纪园园译 . -- 北京：中国纺织出版社有限公司，2024.4

（奇怪的知识又增加了）

ISBN 978-7-5229-1304-9

Ⅰ . ①战… Ⅱ . ①保… ②史… ③纪… Ⅲ . ①儿童故事—图画故事—英国—现代 Ⅳ . ① I561.85

中国国家版本馆 CIP 数据核字 (2024) 第 009241 号

责任编辑：向　隽　林双双　　责任校对：王蕙莹
责任印制：储志伟

中国纺织出版社有限公司出版发行
地址：北京市朝阳区百子湾东里A407号楼　邮政编码：100124
销售电话：010—67004422　传真：010—87155801
http://www.c-textilep.com
中国纺织出版社天猫旗舰店
官方微博 http://weibo.com/2119887771
天津联城印刷有限公司印刷　各地新华书店经销
2024年4月第1版第1次印刷
开本：880×1230　1/32　印张：4
字数：58千字　定价：128.00元（全3册）

凡购本书，如有缺页、倒页、脱页，由本社图书营销中心调换

前　言

在我们的地球上，病毒的数量比宇宙中的恒星还要多！可病毒的个头还没针尖儿大，那我们为什么要重视这么小的一个东西呢？

因为病毒影响我们的"未来"

通过研究每一种新型病毒，包括大量已知的病毒，科学家们都能发现有趣的真相，这为人类带来了各种新型药物和新发明。

因为它们力量强大

病毒不仅能够改变自身的形状，还能"偷"东西，甚至还能喊来"增援"。想要对付病毒，科学家必须非常聪明、行动迅速，且要极富创造力。

因为病毒让我们成为更好的人类

如果想了解病毒，那么阅读这本书再合适不过了。我们会探索历史上对人类威胁极大的病毒，还会了解如何进行医学方面的研究，如何非常快速地研制出新型药物。

读完这本书后，你将会收获良多。

乐于分享
各种实用的
知识！

变得快乐
又安心！

成为更好的
人类！

懂得超多！

目　录

第 1 章

什 么 是 病 毒

病毒是地球上常见的极小的生物。
有一些研究科学的聪明人认为，
如果把地球上所有的病毒排成一排，
恐怕得从银河系的这头排到那头。

病毒是活的吗

一般认为，病毒没有生命，也不完全算是一种生物体。科学家们一致认为，病毒非常奇怪——它们可能是一种处于生命边缘的生物体。**太奇怪了!** 或许你可以把病毒想象成像僵尸一样的海盗。

病毒必须依靠其他生物才能够生存和复制，因为它们自己无法产生能量。只要在细胞外，病毒就无法存活了，所以我才把它们比作"僵尸海盗"。

病毒是如何产生的

病毒的"生命"起源于单个粒子，被称作"病毒粒子"，也叫"病毒体"。许多个病毒粒子组成一个病毒。病毒粒子能够在细胞外"存活"一段时间，不过只有当它进入细胞内部时，才能够被激活。

病毒粒子一旦碰到细胞，就会吸附在细胞表面，检查自己是否具备特定蛋白质的"钥匙"。如果有匹配的钥匙，那病毒就能打开细胞的大门，进入细胞内部！

不同的病毒携带不同的钥匙。只有当它携带正确的钥匙时，才能进入细胞内部！

病毒一旦进入细胞，就会像微型分子机器一样，在细胞内部制造混乱，劫持细胞。这个过程跟海盗占领路过的船只没什么两样！

病毒粒子

病毒

　　进入细胞内部后，病毒能够重新编码，复制出更多的病毒。这时的细胞就变成了一座制造病毒的工厂！病毒复制得越来越多，细胞越来越膨胀，最终，细胞像一只装满了黏液的口袋一样爆裂！病毒杀死了可怜的细胞！

　　像潮水一样的病毒涌到细胞外，新一轮的攻占开始了。病毒粒子再次附着在周围的细胞表面，感染新的细胞。随着感染的范围不断扩大，病毒也变得越来越强大。小心！病毒要占领这里了！

病毒是由什么构成的

　　病毒主要是由蛋白质外壳和内部的遗传物质构成的。病毒的遗传物质，被称作病毒的基因组，位于病毒粒子的中间。病毒的基因组是由脱氧核糖核酸（DNA）或核糖核酸（RNA）分子组成，这两类分子都属于核酸。

　　基因组基本上就是一套指令，就像菜谱一样，指导病毒如何制造出更多的病毒。病毒基因组的主要功能是储存指令，用来复制更多的病毒粒子。基因组的外部是被称作"衣壳"的蛋白质外壳，它能够保护内部基因组的安全。有一部分病毒周围还有一圈额外的脂肪分子，被称作"脂类"。

病毒周围这额外的一层膜，被称作"囊膜"，英文为"envelope（信封）"。哦，这跟你给朋友寄生日贺卡时用的那种信封可不一样，**完全不同！**导致新型冠状病毒感染（以下简称新冠感染）的冠状病毒就是这样的！它就是一个有囊膜的病毒。

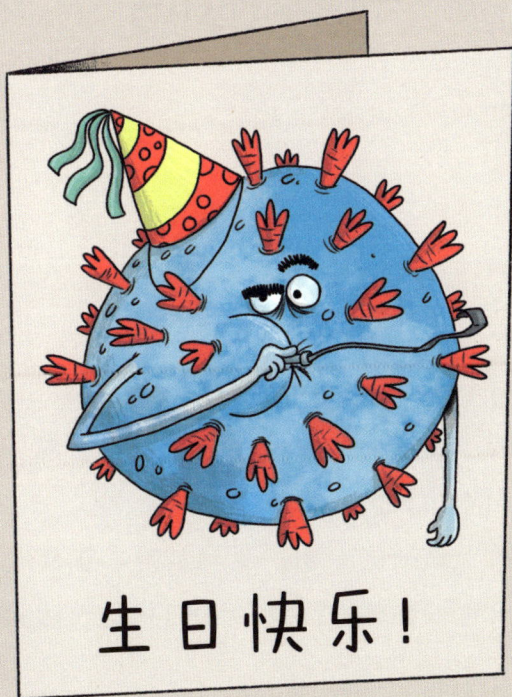

你知道吗？肥皂能够溶解这层囊膜，进而破坏整个病毒粒子。因此，用肥皂洗手非常重要！

病毒和细菌是一样的吗

不一样！病毒和细菌都属于"微生物"，但是它们却大不相同。如果要比大小，细菌一定会赢。与细菌相比，病毒显得超级小。

细菌属于单细胞生物，也就是说，细菌有细胞壁。但是病毒没有细胞壁，因此，它们只是一团黏糊糊的遗传物质！

两者的存在方式也完全不同。细菌是独立生存的，它们能够在人体或动物体外生存，但病毒在人体或其他生物体外是无法生存的。

病毒会感染细胞，也就是说一些病毒甚至会感染细菌！这类病毒被称作"噬菌体"。它们的样子有一点像20世纪60年代的登月舱。

你知道"微（micro）"是"小"的意思吗？这个词来源于拉丁文里的mikró。

来认识一下病毒学家维罗妮卡吧，她是专门研究病毒的科学家。

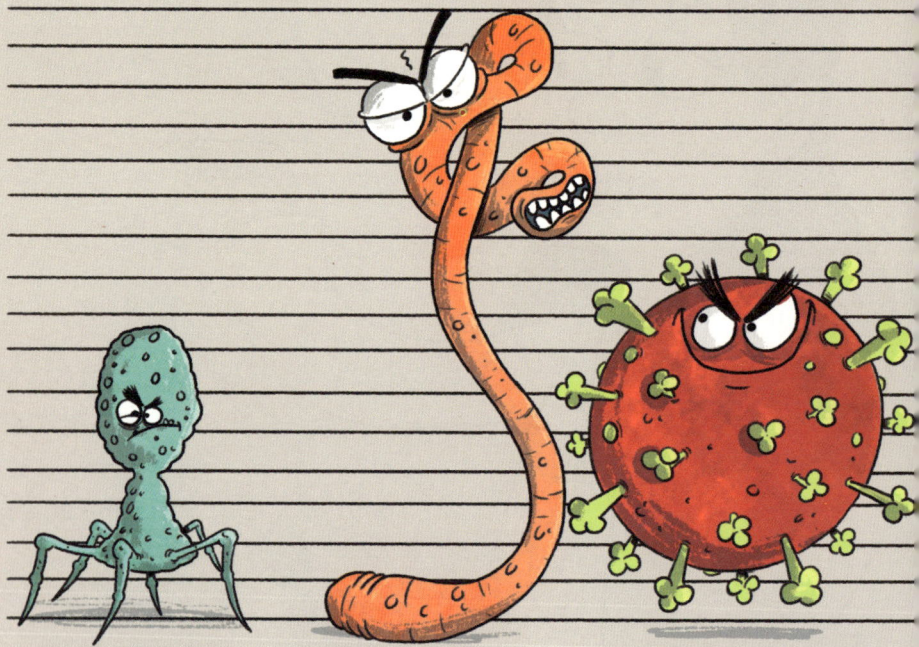

"病毒罪犯"
照片墙

消灭病毒警署
噬菌体（PHAGE）
罪名：病毒

消灭病毒警署
埃博拉（EBOLA）
罪名：病毒

消灭病毒警署
中东呼吸综合征（MERS）
罪名：病毒

病毒形状各异，大小不一。不过，所有病毒都非常小，你得通过电子显微镜才能够观察到它们——**真的超级小**！正因为人类用肉眼看不到病毒，所以当暴发疫情时，人类很难控制病毒的传播。

许多冠状病毒都是球形的，而埃博拉病毒则又细又长。噬菌体长得像登月舱，它的体形是最小的。

消灭病毒警署
重症急性呼吸综合征（SARS）
罪名：病毒

消灭病毒警署
艾滋病（HIV）
罪名：病毒

完美的宿主

如果病毒进入你的身体，那你就变成了病毒的宿主。宿主可以是人类、动物、植物，甚至是细菌！

记住，能够让你生病的不是只有病毒。有时，细菌也能引发疾病。有的细菌能够造成食物中毒，有的则会感染割伤、擦伤的伤口。还有一些疾病是由寄生虫引起的，比如疟疾就是由一种名为疟原虫的寄生虫引起的。不同的感染需要用不同的药物治疗。不过，我们要记住，并不是所有的细菌和病毒都是有害的。许多细菌和病毒都能与人类和谐共存。虽然大多数病毒对人类无害，但也有一些能让人大病一场，甚至会夺去人的生命……

什么是全球性大流行病

　　当一种病毒从一个人身上传播到另一个人身上，那么病毒就有可能继续传播下去。如果一种病毒在某地区的人群中造成传播，那么这就是"流行病（epidemic）"。"epidemic"一词来源于古希腊语，"epi"是古希腊语中"之间"的意思，"demos"的意思是"人民"。

　　此外，还有一个范围更大、影响更深远的词。在古希腊语中，表示"所有"用的是"pan"。如果你在"人民"（demos）前面加上"pan"，你就得到了"pandemic（大流行病）"这个词。因此，"pandemic"指的是在全世界范围内传播的疾病，即全球性大流行病。

需要了解的知识

🦠 病毒是非常小的生物。

🦠 病毒太小了，我们根本看不见它们！

🦠 病毒算不上有机体或生命体。它们像"僵尸海盗"！

🦠 病毒能够飘浮在空气中，或者附着在小水滴上。

🦠 病毒能够着陆或附着在物体表面。

🦠 流行病指的是病毒在局部地区传播，大流行病指的是病毒在全世界范围内传播。

画出你想象中的病毒

　　观察不同种类病毒的样子，然后画出你想象中的病毒吧！你可以给病毒穿上一件带刺的外套，或是在里面画一个黏糊糊的DNA病毒标志。

　　发挥你的想象力，画一些超级奇怪的病毒吧！

16

第 2 章

狡猾的新型冠状病毒

冠状病毒的足迹遍布全世界。

什么是冠状病毒

你应该听说过很多种类的冠状病毒，也一定听说过其中一种。冠状病毒来自同一个家族——冠状病毒科。它们的结构非常简单，具备以下特征：

- 🌀 球形。
- 🌀 由刺突糖蛋白包裹着。

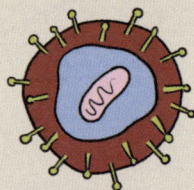

如果病毒想要感染细胞，那么这些刺突就派上用场了，因为它们能够附着在人类的细胞上。

冠状病毒因它们的外观而得名。在高倍显微镜下观察这些病毒，就会发现它们一个个好似戴着王冠一样，只是王冠上的钻石少了一些。它们的样子也与日食时的太阳十分相似。

- "冠状（Corona）"在拉丁语中是"王冠（crown）"的意思。

- 太阳的王冠是它外层的大气层。

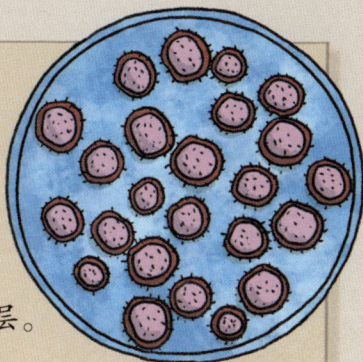

能够感染人类的冠状病毒目前共有7类，它们分别能够引发不同类型的疾病：

能够感染人类的冠状病毒	疾病
HCoV-NL63	普通类型的感冒
HCoV-229E	
HCoV-OC43	
HCoV-HKU1	
SARS-CoV	重症急性呼吸综合征（SARS）
MERS-CoV	中东呼吸综合征（MERS）
COVID-19	2019新型冠状病毒感染（COVID-19）

幸好大多数冠状病毒导致的疾病都不太严重，比如引发普通的感冒。不过，还是有许多病毒非常危险……

野蛮的SARS，可怕的MERS

2002年，一种冠状病毒在亚洲出现，并迅速传播。这种病毒后来被命名为"SARS-CoV"，由它导致的疾病被称作"重症急性呼吸综合征（SARS）"——这是一种非常严重的呼吸系统疾病。

2012年，新的冠状病毒再次出现，这次是从中东地区开始的。这种病毒引发的疾病被称作"中东呼吸综合征（MERS）"。无论是SARS，还是MERS，都持续感染了许多国家的人。不过很幸运，我们最终控制住了这两种病毒的传播！

不过，全世界的科学家们不禁开始担心，在将来的某一天，是否会出现另一种新的冠状病毒，引发全球性的大流行。在应对SARS时，我们很幸运；在面对MERS时，幸运女神再次站在了我们这边。可是，之后我们还会这么幸运吗？答案是不一定。

正是出于这样的担忧，牛津大学疫苗学教授萨拉·吉尔伯特带领研究小组，研发出了一种针对MERS病毒的疫苗。可如果新的病毒出现了，我们又该如何应对？萨拉教授的研究成果对人类具有非常深远的影响，帮助我们做好准备，应对下一个将要改变世界的病毒。

新型冠状病毒

2019年冬天，世界上出现了一种新的冠状病毒。后来，这种病毒被命名为新型冠状病毒（SARS-CoV-2）。这种病毒导致了另一种严重的呼吸系统疾病——新型冠状病毒感染（COVID-19）。我们从没有预料到，这种疾病竟然能够如此深刻地改变世界——当然，有一些改变是坏的，也有一小部分是好的。

新冠病毒从哪里来？人们提出了许多假设，但截至目前，我们还没有得到确切的定论。

老实说，我们很可能永远都不会知道准确的细节和经过。不过，虽然大多数病毒都无法溯源……但是，人类仍然能够战胜它们。

我们能做的很重要的一件事，就是找到新的治疗方法，减少病毒对人体的影响，同时研发疫苗，降低人们感染病毒的可能性。

新冠病毒如何感染人体

有人说，这种疾病的原理与流感相同。

那些人想错了！

对于我们大多数人来说，流感只是一场小病，不会对我们有长期的影响。然而，新冠病毒却不同，它不仅会产生其他影响，还会导致我们出现长期症状和其他疾病。正因为如此，全世界各国各地才应该采取封控措施，保护人们不被感染。

新冠病毒造成的一个严重影响是降低了肺部将空气中的氧气转化到血液中的能力。这会导致人体血氧水平下降，也就是缺氧。许多有这类症状的人都需要住院治疗。

如果病毒侵入肺部，并大量复制，那么病情就会变得愈加严重。因为这会直接损伤肺部细胞，甚至可能引发肺炎或肺部积水。

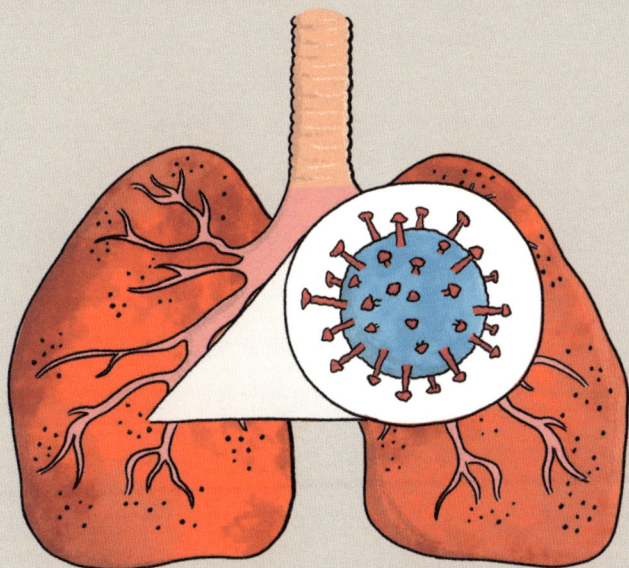

年龄越大，病情极有可能会越严重。

慢慢地，我们发现新冠病毒不仅会感染肺部细胞，还会感染许多其他种类的细胞。一些人在感染后的几个月内，甚至会持续出现症状。我们把这种现象称作**长新冠**。

这种情况可能会相当可怕，不过好消息是，全世界都在持续合作，研发新型药物和疫苗。

"信息流行病"

我们要担心的不仅是新冠病毒，还有关于新冠病毒的错误信息！

先是出现病毒引起的流行病，接着又有了"信息流行病"——这是一个新词，用来描述不实信息的传播。

无论是优质的文章，还是有趣的视频，被大量转发都是好事一桩。但同时，也会有另外一种东西在疯狂传播，而且正在把我们的世界变得更加糟糕。

你知道它是什么吗？

它就是虚假信息！

虚假信息的传播指的是某一个人偶然分享了错误的信息，也就是说，传播的人并不知道自己分享的信息是错误的。还有更糟糕的情况，那就是造谣！也就是说，这个人是故意传播错误信息的！

有时，个人或团体会分享虚假新闻或错误信息，这些新闻或信息要么是不对的，要么是未经验证的。自从新冠疫情暴发以来，这种情况发生得越来越频繁！

听取来自可靠消息来源的建议非常重要，不过，事情并不总是这么简单！虚假的信息被大范围分享和传播，会发生什么呢？如果人们听信了虚假的信息，就有可能会危害自己的身体健康。

网络侦探

如果你接受这个任务，那么你现在就是一名"网络侦探"了。我们身上都肩负着学习、理解以及分享真实和准确信息的责任。或许，我们无法保证永远正确，但只要我们能够从错误中吸取教训、不断学习，并努力提升自己的能力，那么我们最终将会变得更加幸福、更加健康！

你知道吗？

在网络平台上分享的信息中，60%都是虚假的！这正是我们需要你担负起网络侦探重任的原因。

打击虚假信息的6项有效原则：

1. 听取来自可靠信息来源的建议，例如当地的医生、医院、官方医疗组织或世界卫生组织（WHO）。

2. 阅读标题之外的其他内容——你能确定吸引人眼球的标题里所有的内容都可信吗？

3. 分析信息。这意味着你要查验信息。你可以搜索另外两处来源，看看其他信息来源是如何描述同一件事的！

4. 如果有人告诉了你一个听上去不太靠谱的消息，问问他是从哪里得到这个消息的。不要因为对方是你的好朋友，就听信他所说的一切！

5. 如果你在一篇文章中发现了很明显的错误，那么这个信息来源可能未经审核。

6. 即便对方是一个名人，也不意味着他就是专家！名人也会犯错。

只要人人都是网络侦探，我们就能够联合起来，辨别虚假信息。

设计一款口罩

新冠病毒主要通过空气传播，有时也会附着在物体表面。因此，阻断病毒传播的较好方法之一就是佩戴口罩。如果你可以在口罩上设计任何图案，你会选择什么样的设计呢？是你最喜欢的卡通人物，还是你最喜欢的动物？我会选择一只独角兽或者一只霸王龙！

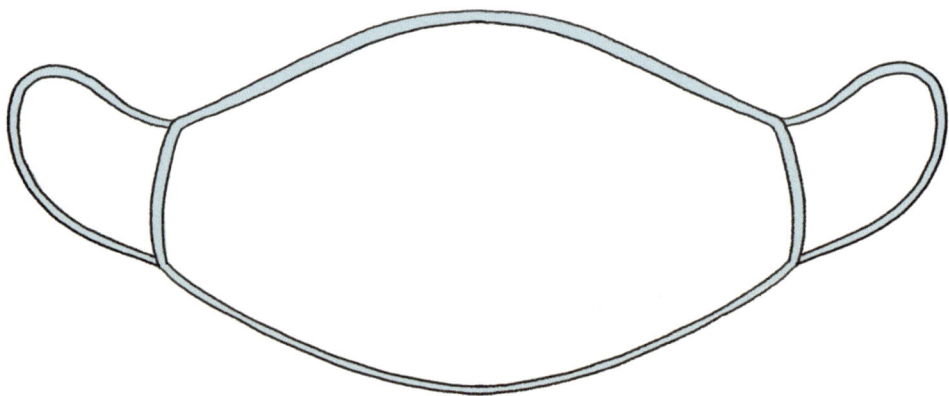

你可以把这个口罩模板临摹到一张更大的纸上，然后在上面设计一个酷酷的新图案。还可以拿一个一次性的白色口罩，把你的设计画上去。现在就试试吧！

第 3 章

战斗的身体，神奇的心灵

在疫情防控期间，许多人都在努力
保持身体和精神状态的健康。
本章内容将会帮助你理解应该如何照顾好自己。

奇妙的人体

人体就像是一座聚集了数万亿细胞的超级大都市。这些细胞聚集在一起，构成了精巧的组织。许多精巧的组织又构成了不起的器官。这些了不起的器官又构建起奇妙的身体系统。奇妙的身体系统最终构成了**人体**！

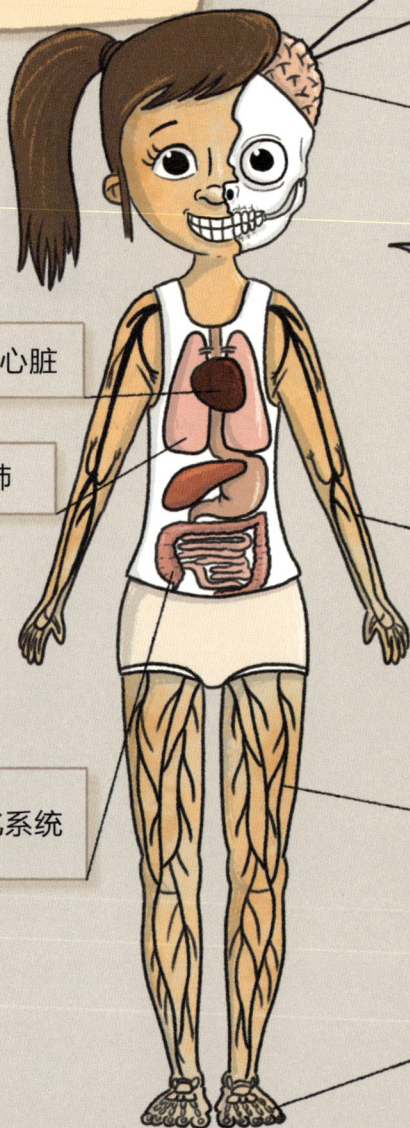

心脏

肺

消化系统

大脑细胞

大脑

我有许多的事情要做!

循环系统

神经系统

骨骼

细胞：人体平均有40万亿~60万亿个细胞！不同类型的细胞承担着不同的工作，例如运输氧气，或是消灭细菌。

组织：承担相同工作的细胞组合到一起，就形成了组织，例如皮肤组织、肌肉组织，还有血液组织等。

器官：不同的组织结合到一起，又构成了更大的结构，这个结构被称为"器官"。大脑、心脏、肺、肝脏和肾脏都属于器官。

身体系统：每个身体系统都承担着人体正常运行的重要工作。

人体是如何构成的

　　细胞像一块块砖，是构成人体的基本单位。人体内有超过200种不同类型的细胞，这些不同的细胞各司其职。细胞在持续不断地分裂，正因为如此，人体才能够生长和自我修复。

　　当细胞分裂时，一个细胞变成两个新的细胞。这两个新细胞被称作"子细胞"。这个过程被称为"有丝分裂"。

　　每个细胞都有一个细胞核，这是细胞的控制中枢。每个人体细胞的细胞核内部都携带着非常重要的物质。难道里面藏着宝藏？不。是一张藏宝图？也不是，不过很接近了。每一个细胞核内部都藏着一份独特的蓝图——有点类似地图！其实，那是一份携带遗传物质的蓝图，人们管它叫"脱氧核糖核酸"，简称DNA。DNA是一种"核酸"。

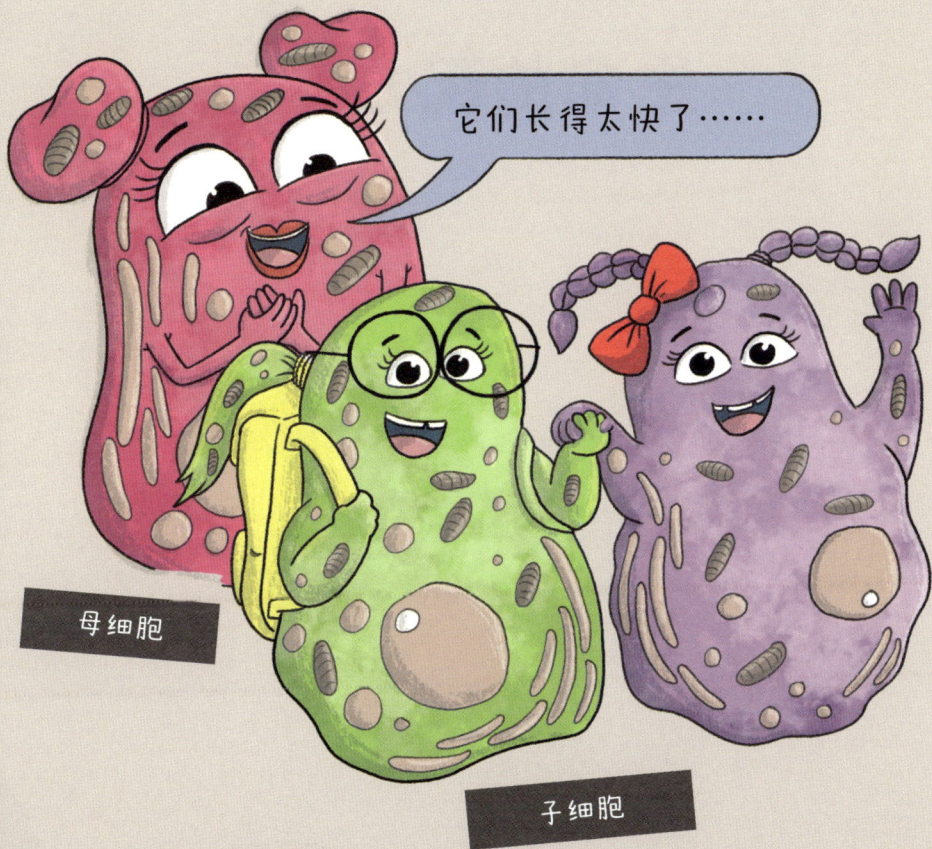

它们长得太快了……

母细胞

子细胞

　　DNA缠在一起后就变成了染色体。每条染色体上都包含了构建和维持人体的一切信息。你可以称它为"生命的配方"。

生命的配方

　　DNA的形状像是扭曲的梯子，我们称这种结构为"双螺旋结构"。梯子上的每一个阶梯都是由不同的碱基组合而成的。梯子的每一部分被称为一个基因，即一个独一无二的序列。我们的基因中包含着独一无二的蓝图——也就是"生命的配方"。

基因会告诉我们的细胞，应该如何用某种特定的方式制造物质。基因为每个人的特征进行了编码，使得一个人眼睛的颜色或身高有别于他人。

　　这一切的核心在于我们需要DNA来制造蛋白质。这项工作需要DNA的帮忙，使用DNA中一种叫作"信使核糖核酸（mRNA）"的物质。蛋白质对人体无比重要！"生命的配方"让我们每个人都拥有独一无二的样貌！

天然的防御系统

人体就像一座堡垒，它的结构天然地适合防御病原体。病原体指的是任何想要入侵身体的有害物质，例如细菌、病毒、寄生虫或真菌。

不过要记住一点，并非所有的细菌都是有害的。我们的肠道之所以能保持通畅，还是肚子里各种细菌的功劳呢！这些有益菌不会被归入病原体的范畴。

病原体对人体有害，而且会想方设法入侵人体。它们就像暴徒一样，只是更加冷酷、更加可怕！

还好你和我都非常幸运，我们的身体拥有一些神奇的屏障，能够阻止这些"暴徒"的入侵。

唾液
这种超级黏液里含有能够杀死细菌的物质。

眼泪
将所有"入侵者"冲走。

耳垢
将"入侵者"挡在路上。

皮肤
人体最大的器官，作为人体的第一道防线，保护着人体内的一切。

鼻涕
像陷阱一样，能够抓住病毒和细菌。

不过，有的"入侵者"能够穿过
人体外层的防线，最终进入人体。
这可怎么办呢？

胃
一个"咕嘟嘟"冒着泡的陷阱，随时准备将"入侵者"溶解。

血液
由一整支白细胞军队组成，随时准备作战。

如果"入侵者"突破了所有的这些防线，那就是时
候启动超级厉害的免疫系统了！

免疫系统

人体内的防御系统被称为"免疫系统"。你可以把免疫系统想象成手持激光枪的机器人战士。一旦病原体进入人体，机器人战士就会追踪并锁定它们，将它们消灭！

人体需要识别哪些是病原体，然后才能清楚地知道，应该在什么时候攻击什么物质。可它又是如何知道应该攻击什么的呢？——通过识别抗原。抗原指的是能够让你的免疫系统做出反应的任何物质。例如，病毒或细菌外部的蛋白质。慢慢地，我们的身体记住了这些抗原，于是当这些病原体再次攻击人体时，免疫系统就能发挥作用，更快地清除它们。

人体会产生一种特殊的"追踪器"来完成这一切，我们把它叫作"抗体"。抗体是一类蛋白质，它们会附着到"入侵者"身上，提醒我们的身体系统消灭它！

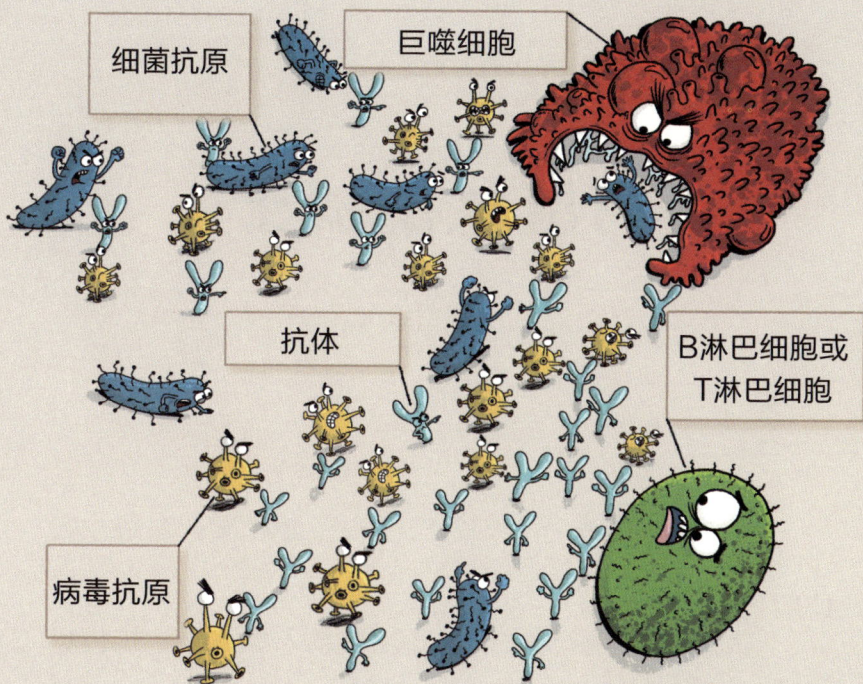

细菌抗原 巨噬细胞 B淋巴细胞或 T淋巴细胞 抗体 病毒抗原

抗体真帅气！

人体一旦识别出"入侵者"，会立刻释放如潮水般的抗体。抗体会附着到病原体的表面。

那它们有没有帮手呢？

有！

血液中的白细胞会来帮忙！

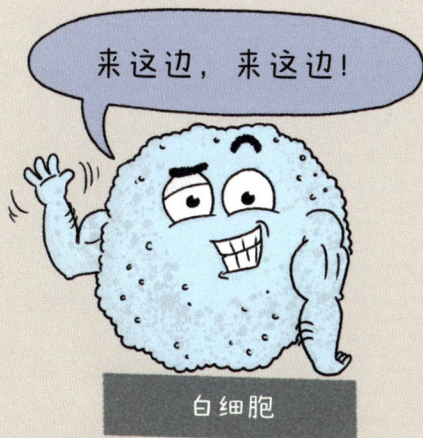

来这边，来这边！

白细胞

41

打胜仗的战士

一支军队正在静静地等待着……随时准备迎战！它们就是血液中的白细胞。

就算病原体成功突破了其他防线入侵人体，抗体仍然能够成功附着到病原体表面——想要结束这一切，只有这一种方式。

白细胞

- ⚙ **巨噬细胞**：它们会吞噬细菌，把细菌吃掉。

- ⚙ **淋巴细胞**：它们能够帮助战友定位"入侵者"，从而促进抗体的释放。

- ⚙ **中性粒细胞**：最常见的一类白细胞，它们负责攻击细菌和真菌。

一旦如潮水般的抗体淹没了"入侵者"，人体就会开始攻击被感染的细胞。像这样，我们既能够清理病原体，又能够清除自身受损的细胞。

这也就意味着**大获全胜**！

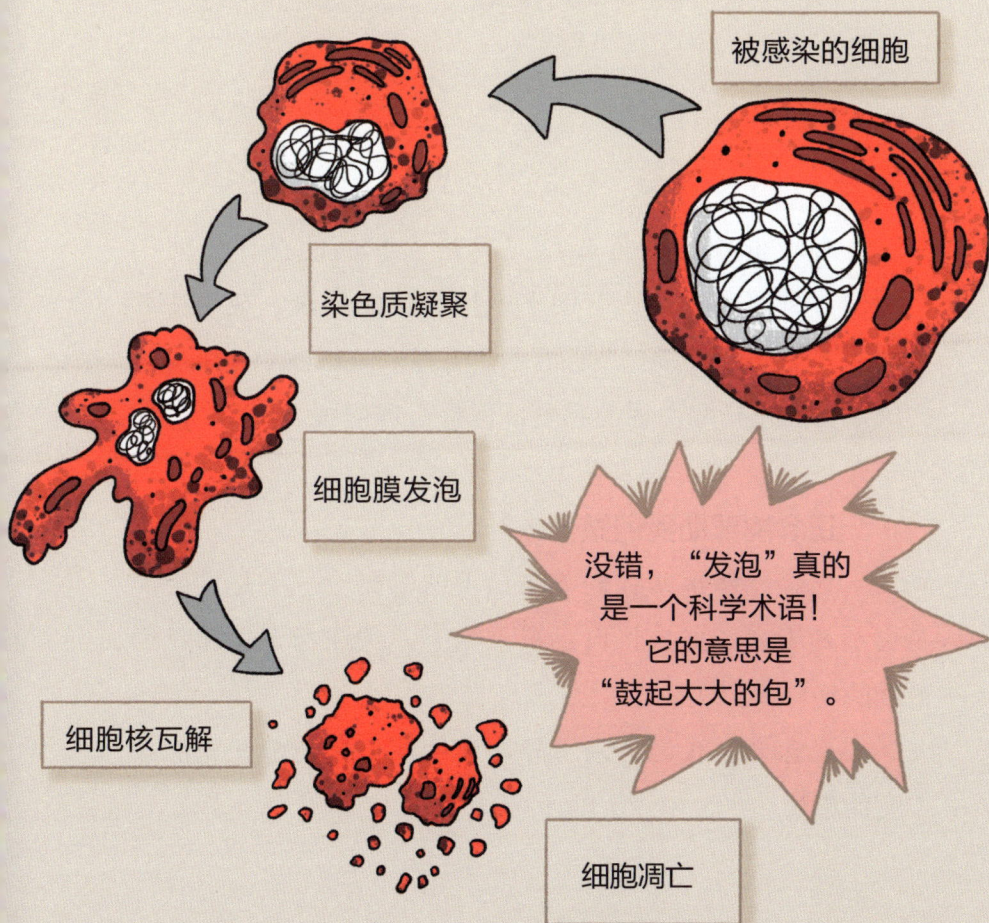

被感染的细胞

染色质凝聚

细胞膜发泡

细胞核瓦解

细胞凋亡

没错，"发泡"真的是一个科学术语！它的意思是"鼓起大大的包"。

神奇的心灵

心理健康也很重要，尤其是当我们的身体生病的时候。关照心理健康有助于维持整体的健康。集中注意力，关注当下，这就是正念。正念可以让我们减少忧虑，增加快乐和幸福的感受，保持心理健康。

正念能帮助我们做什么？

正念能够帮助我们关注当下的时刻——不是过去，也不是未来。如果将自己置于当下，关注当下，那我们就能够停止担忧。

正念会为我们带来平静，帮助我们接受那些无法改变的事情。

正念练习的其中一个方法就是**冥想。**这个练习最初起源于古印度，冥想已经有非常悠久的历史了。

专业瑜伽姿势，
请勿随意尝试哦！

1分钟正念练习

- ☼ 闭上双眼。
- ☼ 做一次深呼吸。
- ☼ 倾听周围的声音。
- ☼ 想象身边有一条流淌的小河。
- ☼ 你能够听到流水冲刷石头的声音。
- ☼ 睁开双眼。
- ☼ 你现在感觉怎么样？

棒极了！

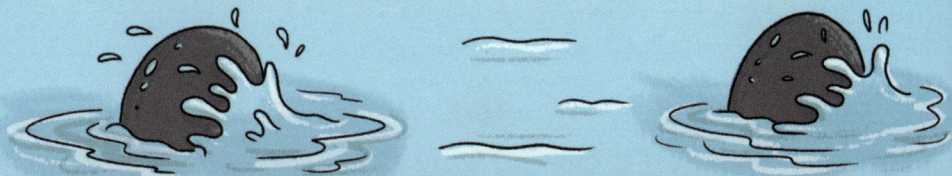

快乐的园丁

户外活动能够让人放松下来，让我们与地球紧密相连。观察树上的花朵，或者数一数有多少只蝴蝶，甚至还可以帮助某些植物发芽！你可以照料花园或者窗台上的盆栽植物。在土里种下一些花的种子，看看会发生什么。可以做的事情如下：

1. 在花园里找个地方，或是找一个花盆。

2. 撒上一些营养土。营养土具有良好的土壤生态环境，能够帮助植物生长！

你需要：
· 一些花的种子
· 一个花盆
· 水
· 营养土

3. 现在，把种子混合在一起，撒入营养土中。

4. 在种子上再撒上薄薄的一层混合肥料，然后洒一些水。

5. 之后，再次洒水……还是洒水。一次不要洒太多水，每次只需要保证种子可以吸收的量即可。

6. 几周过后，你会发现有一些种子发芽了。这都是你的功劳！植物生长离不开水和阳光。

恭喜你！你现在变成一个快乐的园丁了。

第 4 章

超级科学家

它是一只小鸟？不。
它是一架飞机？不！
他们是一群异常兴奋的
超级科学家！

科学家都做什么呢

　　各行各业的人都加入了战胜病毒的队伍中，无论是医务工作者，还是超市的员工，甚至大街上的行人，都能够为战胜病毒或任何一种疾病而做出贡献。而且，就连科学家都参与进来了！

可是，科学家究竟长什么样，他们到底在做些什么呢？

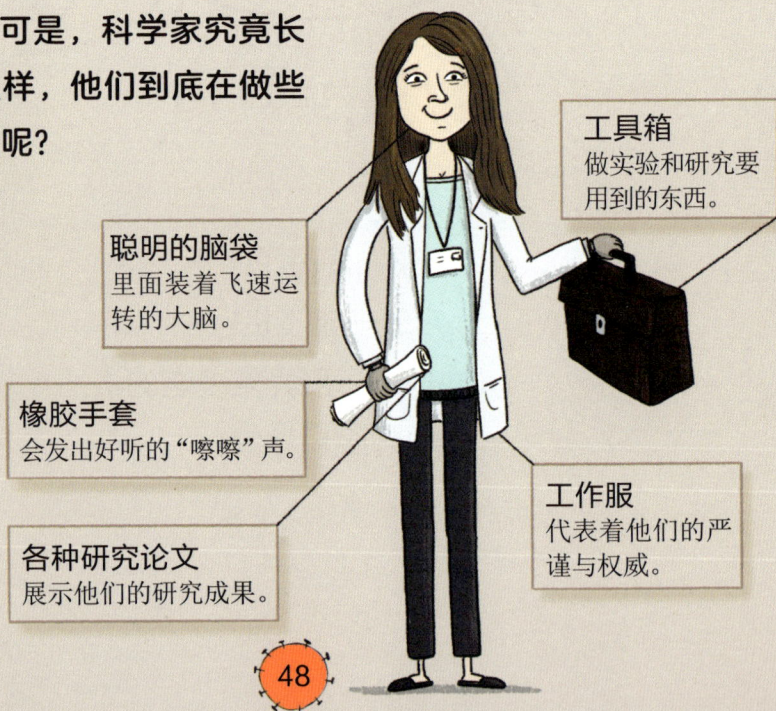

工具箱
做实验和研究要用到的东西。

聪明的脑袋
里面装着飞速运转的大脑。

橡胶手套
会发出好听的"嚓嚓"声。

工作服
代表着他们的严谨与权威。

各种研究论文
展示他们的研究成果。

48

或许，他们也不全是左图中那样……

科学家是我们的超级英雄，他们知道各种各样的科学前沿知识。下面的事情都是他们能做的。

专攻某一领域的知识！

像侦探一样研究科学！

发现全新的真相！

自愿参与测试！

为政府建言献策！

在医院教学！

你觉得你能做到上面所有的事情吗？做不到也不要灰心，有一件事你肯定能帮上忙，就从这件事开始吧——做一个现实生活中的科学侦探！

科学侦探

有一些科学家专门从事卫生领域的研究。当我们需要应对病毒的时候，这方面的研究真的非常重要。来自世界各地的科学家在一起工作，不会吵架，也不会因为谁的生日礼物最好而闹翻！

> 冠状病毒感染不分国界，全球各地都受到了新型冠状病毒的影响。

莱颂·康特医生

开始你的侦探之旅吧！下页的方格里藏着许多与科学有关的英文单词，这些单词描述了研究人员采取的重要行动，找到其中的关键词吧。方格里还藏着两个科学家们绝对不会使用的词。你能猜出是哪两个吗？

V	E	J	H	S	H	Q	S	Y	F	U	L	V	V	R
H	C	P	A	I	G	R	U	K	N	Q	Y	T	E	O
W	U	W	Y	H	T	X	B	D	C	D	T	N	G	N
M	D	Z	R	D	E	V	E	L	O	P	T	A	A	Q
J	E	U	A	G	S	R	E	Y	R	R	E	H	M	T
V	R	A	U	J	S	R	E	X	A	T	L	D	A	O
N	J	P	R	T	U	R	N	P	P	K	X	J	D	S
Q	J	N	A	S	V	Z	R	T	P	F	E	M	F	G
A	D	N	A	V	F	H	A	W	R	I	X	R	B	W
W	D	E	N	W	F	M	P	J	E	Y	P	V	C	H
K	M	C	U	I	M	P	R	O	V	E	L	G	N	O
G	U	D	K	C	O	Q	V	C	E	R	O	F	Z	X
E	D	J	D	B	G	C	B	N	N	I	R	T	H	N
C	O	N	F	U	S	E	W	J	T	D	E	P	Q	L

找出下面所有的单词，还有科学家们绝对不会使用的两个词！

Develop
研发新型疫苗

Understand
理解心理健康问题

Prevent
预防病毒的传播

Measure
测量病人能够获得的免疫时间

Reduce
减少营养不良和污染

Explore
探索病毒对公共卫生的影响

Partner
英国、巴西和南非作为合作伙伴
共同测试了一款新冠病毒疫苗

Improve
改善环境质量

隐藏词汇：Damage（损害），Confuse（迷惑）

塑造科学

每个人都能够塑造科学——你也不例外！下面列举了几个人物的例子，他们在改变世界之前，根本没有意识到这一点。

路易斯·巴斯德是19世纪法国的微生物学家、化学家，近代微生物学奠基人。他发现了洗手的重要性。巴斯德意识到，皮肤能够携带细菌。于是，肥皂变成了人们的日常清洁用品！

路易斯·巴斯德

瑞恩·怀特

瑞恩·怀特是美国印第安纳州的一名少年，他帮助医生们认识到艾滋病可能会感染任何人。瑞恩一出生就患有血友病，这是一种出血性疾病。这也就意味着瑞恩需要输血。但是，输给瑞恩的血液中携带了艾滋病病毒（HIV），他也被感染了。不过，瑞恩勇敢地站了出来，改变了人们对艾滋病病毒传播的认识。

洛伊丝·吉布斯住在美国纽约。自己的两个孩子为什么总是生病，这件事令她百思不得其解。后来，她在自家附近发现了大量的有毒废弃物。这让人们懂得了谨慎回收废弃物是多么重要。洛伊丝·吉布斯后来成为一名环保活动家。

洛伊丝·吉布斯

帅气的职业

科学家也分成许多不同的类型。研究太空的科学家叫天文学家。研究岩石的科学家叫地质学家。那研究生命体的科学家呢？他们叫生物学家。研究微生物的科学家叫作微生物学家。

然而，不是所有的科学家都一模一样。

瑞文·巴克斯特博士是一位分子生物学家和科普学者，同时，她也是一名说唱歌手，会创作一些与科学相关的歌曲。科学家们也可以**极具创造力**！

尽管科学家们的兴趣各不相同，可一旦疫情袭来，他们就会并肩作战。在疫情防控期间，有一个发挥关键作用的群体，他们就是病毒学家。

病毒学家专门研究病毒，从而了解病毒是如何传播和感染人体的，也包括病毒如何变异或改变的。

B淋巴细胞一眼就把敌人认出来了，决战之夜来临!

瑞文·巴克斯特博士

公共卫生

医生

面对疫情，医生、护士、护工全都会参与进来，共同抗击病毒！人类的合作方式决定了战斗的成败。

在病毒大流行期间，最艰难的要数一线的工作了。战斗在第一线的人员包括医生、护士，还有其他在医院里照顾病毒感染患者的工作人员。

我们把一些工作在第一线的医护人员称为临床工作人员。在他们的帮助下，许多病人从病毒的魔爪下得以幸存。

护工

护士

你知道吗？

- 正常成人的肺部容量在3 500~5 000mL，要知道一瓶矿泉水的容量是500mL哦！

- 人的心脏差不多有一个拳头大小，且位置偏左。这让左肺看起来比右肺稍稍狭窄。

- 如果你本身就患有哮喘，需要格外小心像新冠病毒感染这样的疾病。

- 老年人的肺部组织弹性较差，这也是老人更容易得呼吸道疾病的原因之一。

肝脏研究爱好者

扎妮亚·斯塔马塔基是英国伯明翰大学的一名学者，她职业生涯的大多数时间都在研究肝脏。她想要与你们分享下面这些关于肝脏的趣味知识：

- 人的肝脏96%是水。

- 肝脏比大脑大。

- 肝脏能够进行自我修复。

- 肝脏拥有500多项功能。

不过，肝脏和病毒之间有什么联系呢？扎妮亚观察了新冠病毒通过鼻子、嘴巴和眼睛进入人体的方式，同时研究了病毒在人与人之间的传播方式。病毒一旦进入人体，就会影响不同的人体器官，包括肝脏。

扎妮亚的研究帮助人们理解了病毒的传播，并向人们表明，想要战胜这种病毒，保持社交距离**真的**非常重要。

糟糕透顶！病毒跑到我的晚饭上了！

观察病毒是如何传播的

- ⚙ 找来一个朋友，在他的双手上撒上一些闪光的小亮片。
- ⚙ 保证你用的亮片是可生物降解的，这样才能够保护我们的环境。
- ⚙ 现在，去洗手吧，试着把亮片冲洗掉。水池里残留了多少小亮片？
- ⚙ 病毒、细菌与亮片一样，会附着在我们的双手上，因此正确地洗手非常重要。

医学地图

科学无国界。任何人在任何地点、任何时间，都能为科学做出贡献。纵观人类历史，横贯世界各地，人们都为战胜病毒付出了艰苦卓绝的努力。在这中间，有的人籍籍无名，例如1943年从发霉的哈密瓜中发现青霉素的玛丽·亨特，人称"发霉的玛丽"。不过，很多人在科学史上留下了他们的印记。

我提出了疫苗接种的理论。

我发现是蚊子传播了黄热病。

我研制出了脊髓灰质炎疫苗。

路易斯·巴斯德
1822—1895，法国

卡洛斯·芬利
1833—1915，古巴

乔纳斯·索尔克
1914—1995，美国

我是第一个用电子显微镜发现冠状病毒的人。

琼·阿尔梅达
1930—2007，英国

我发现了一种名为HIV的逆转录病毒。

吕克·蒙塔尼
1932—2022，法国

我研制出了天花疫苗。

爱德华·詹纳
1749—1823，英国

我在1980年宣布天花灭绝了。

弗兰克·芬纳
1914—2010，澳大利亚

我致力于DNA疫苗的研发。

哈里特·罗宾逊
出生年月不详，美国

我发现HIV病毒来源于非人灵长类动物。

比阿特丽斯·哈恩
1955—，美国

培养自己的霉菌

你也可以像"发霉的玛丽"一样，观察自己制造的霉菌！你需要做的事情如下：

1. 找3个塑料袋，在每个塑料袋里放1片面包。

2. 在第1个塑料袋里加水，然后放到黑暗的地方，例如衣柜的最下面。

你需要：

· 3片面包
· 水
· 3个塑料袋

3. 将第2个装着面包的塑料袋放到有阳光的地方，例如窗台上。

4. 将第3个装着面包的塑料袋塞进冰箱里！

5. 放1周。你可以定期去看看，监测霉菌的生长。

6. 1周结束后，记录你观察的结果。

以下几个提示，可以帮助你判断你的发现：

· 用折线图记录霉菌的生长。

· 这说明了它们怎样的状况？

· 光和热对霉菌生长有影响吗？

恭喜你！现在你已经成为一个霉菌"专家"了，霉菌就是制造青霉素的材料。所以你可能已经是个"超级科学家"了。

第 5 章

卓越的研究

在这场疫情中，
全世界的人通力合作，与时间赛跑，
努力研究如何战胜新冠病毒。
而这无不受益于那些杰出的研究。

不会感染天花的挤奶女工

18世纪，一个叫爱德华·詹纳的小男孩在乡间尽情地玩耍和探索。在这期间，小男孩对植物和动物产生了浓厚的兴趣。他忍不住要研究一番：动植物是如何帮助人类的呢？后来，小男孩长大了，成为一名医生。如果你想成为一名医生，你也可以做到！

詹纳早期的论文研究的是布谷鸟。不过，他最大的成就在于研究如何预防一种叫做天花的疾病。詹纳通过研究牛痘，最终解开了这一谜团！

你知道吗？我们现在常说的接种疫苗，以前叫"种痘"，这里的"痘"，指的就是"牛痘"。

病毒学家维罗妮卡

64

1796年，詹纳听说一个名叫萨拉的挤奶女工皮肤光滑，从未感染过天花。据萨拉说，这是因为她曾经感染过牛痘，传染她的就是她最喜欢的奶牛马蒂尔达①。那时英国乡间开始流行这一说法："一个人只要曾经感染牛痘，就不会再感染天花。"

詹纳决定依照这个描述做一下实验。于是，詹纳找来了得过牛痘的人，从他们的牛痘泡中提取了富含蛋白质的脓液。之后，詹纳用这些脓液制造出了一种叫做"接种体"的物质。

詹纳将接种体注射在一名8岁男孩詹姆斯·菲利普的胳膊上。注射后，詹姆斯感染了牛痘，开始轻微发烧。几周后，詹纳又给詹姆斯注射了另一种接种体，不过，这一次不是牛痘，而是**天花**！

然后……**惊喜来了**！詹姆斯没有感染天花。

也就是说，詹纳验证了一种预防天花的方法，而且发明了**疫苗**！

---

① 有文献记载，这头奶牛的名字也可能是布洛瑟姆。

什么是疫苗

疫苗是如何工作的呢？原来，疫苗能够让人体的免疫系统识别并消灭病原体。

将少量病原体引入人体系统，身体就能够提前做好准备，以应对大量病毒的入侵。这意味着，人体的免疫系统能够时刻准备着，给"入侵者"狠狠一击。

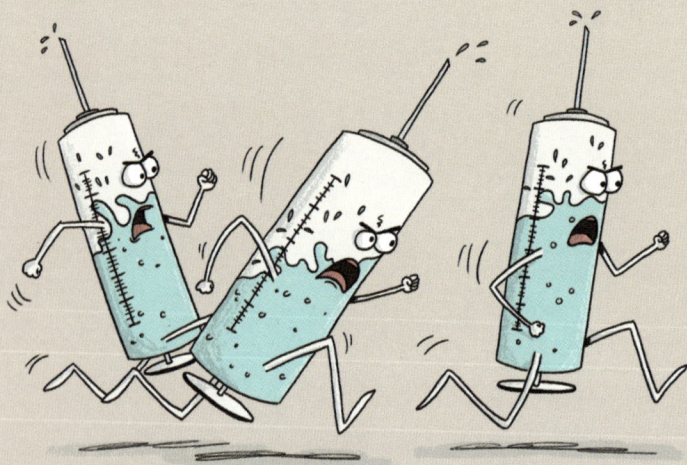

当接种预防某种疾病的疫苗后，人体便有可能产生相应的免疫力。免疫力的产生得感谢人体内的抗体。

疫苗不仅对个体有益，更**保护了整个人类**。当足够多的人接种疫苗，人体获得免疫后，病原体便无法形成有效的传播，最后的结果就是病原体再也无法感染任何人了！

这正是疫苗如此强大的原因——与大多数药物不同，疫苗并非治疗或治愈疾病，而是预防疾病。

科研竞赛

2020年，新冠疫情开始在全球蔓延。人们与时间赛跑，医护人员全力救助病人，希望能够战胜病毒。当时，全世界范围内还没有可行的治疗方案。

与此同时，另外一些科学家也忙得不可开交。不过，他们是忙于另一项非常重要的工作——研发疫苗。

整个科学界都在超速运转！不过，不是出于恐慌，而是开始以最快的速度研究这种疾病。

研究一种新型疾病，首先要：

⚙ 观察病人的病情。

⚙ 研究如何治疗病人。

⚙ 测试不同的药物。

数百项科学研究正在世界各地如火如荼地开展。其中包括：

美国的科学家使用人工智能和冠状病毒的电脑模型，来研究如何改进药物和疫苗。

英国、巴西和南非共同测试了一款新型疫苗——约12 000名志愿者参加了此项试验。在威尔士首府加的夫，医生从数千名感染者身上提取了样本，用来测试病毒遗传密码的微小差异。这项研究帮助人们了解了病毒的传播方式。病毒的变化则让我们知道，病毒是如何在世界范围内传播的。

眼睛和双手

如果科学家想要了解一个人的健康状况，就会用上自己的两大"武器"：

眼睛（观察）

科学家全程观察病人，并根据他们的所见做出判断。想象这样一个场景：你在短视频平台上刷到别人跳舞的视频，你认真观摩，希望之后能在自己家里模仿。医生的观察大致也是如此！

双手（实践）

有时候，科学家会把一群人聚在一起，给他们开药、吃药，然后观察他们的身体变化。这个过程叫做"临床试验"。其中一组参与者吃的药物可能是科学家们早已熟悉的，另外一组会尝试一种全新的药物。

尝试用你的手和眼睛做一件事情，比如将红苹果递给一个朋友，将绿苹果递给另外一个朋友。然后观察一下两位朋友是如何吃苹果的，判断他们是否喜欢各自的苹果。

药品和疫苗的临床试验很关键，因为科学家需要证明这些药物或疫苗是安全且有效的。

临床试验阶段（以美国为例）

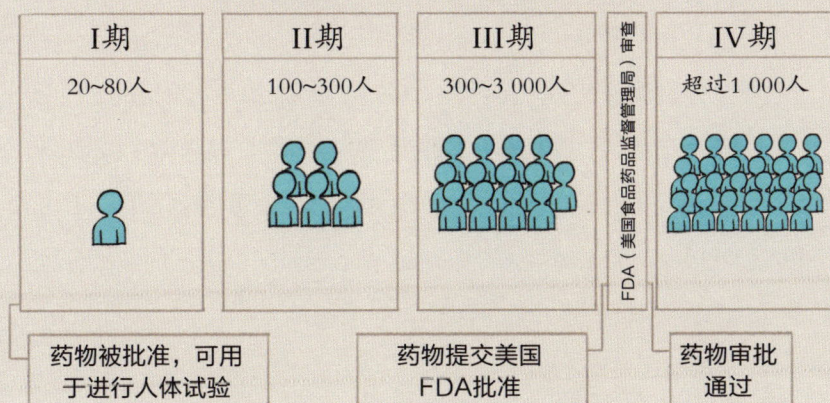

I期	II期	III期		IV期
20~80人	100~300人	300~3 000人	FDA（美国食品药品监督管理局）审查	超过1 000人

药物被批准，可用于进行人体试验

药物提交美国FDA批准

药物审批通过

类固醇类药物的成功

康复项目（Recovery）是在英国进行的一次大规模临床试验。试验比较了不同类型的药物对新冠感染患者的疗效。其中一项发现表明，地塞米松——一种廉价的类固醇能够将死亡人数减少三分之一以上！

勇敢的志愿者

一种新药物的研发，离不开数千名志愿者的参与！

这些志愿者被称作"研究参与者"。参与者可以是任何人！可以是健康的人，也可以是罹患疾病的人。可以是司机、售货员、护工、记者、厨师、老师……不分男女老少，甚至婴儿也可以成为志愿者！

但无论如何，试验必须首先**征得参与者的同意。**同意指的是授权许可。不过，由于婴儿年龄太小，没法同意，所以必须有人替他们说"可以"（通常是妈妈、爸爸或其他监护人）。当然，有明确的法律条款来保护参加研究的人。

关爱与分享

莎弥拉·安瓦医生做了一项非常重要的研究，她调查了在参与健康研究时，为什么各个地区的人们都会犹豫不决。很多人根本不愿意参与研究，还有一些人则在服用新药时迟疑不定。安瓦医生发现，出现这种情况的原因非常多。对科学家和医生来说，了解人们的担忧很重要，或者可以说非常关键。因为虽然科学家们懂科学，但仅凭他们搞研究还远远不够！

> 如果你被邀请参与一项研究，你会同意吗？

神奇的疫苗科技

像水痘和天花这样的病毒，是由DNA构成的。还有一些病毒则是由RNA构成。RNA是另外一种能够储存大量信息的分子（详见第6页）。

RNA病毒的基因组非常小，而且会频繁地变异。不过，人体的免疫系统能够识别病毒上的刺突蛋白。将少量刺突蛋白加入疫苗中，从而促使身体产生抗体。

在世界各地，政府批准的首批疫苗涉及两种不同的技术，其中都使用了新型冠状病毒的刺突蛋白来引发免疫反应。

mRNA疫苗： 将一小片RNA运送到细胞内部的脂肪中，这滴脂肪叫做脂类。这个过程像是送了一封小信！细胞先是阅读信件，然后学习如何制造刺突蛋白，随后再将这封信撕碎！

改良的病毒载体疫苗： 利用改良过的黑猩猩腺病毒作为载体携带遗传物质，就像特洛伊木马（一种网络病毒）一样！我们的身体会从提供的信息中学习如何对抗冠状病毒，并引发免疫反应。虽然没有任何一只黑猩猩受到伤害，不过的确有不少黑猩猩型腺病毒遭殃了。

研究就是创造新的知识。

尼尔·阿姆斯特朗
宇航员

创造一种新药

如果你是一位创造医学奇迹的工作者，你会想要制造什么类型的药物呢？

给你的新药画一张设计图吧。你会给它取什么名字呢？

你可能会制造：

- 药片
- 吸入器
- 注射器
- 糖浆
- 洗剂
- 药膏

你可以在下面的空白处画出你设计的药品，或是另外找一张纸来画！

第 6 章

病毒的历史

病毒这个名字听上去似乎非常现代化。
其实，在整个人类历史的长河中，
病毒一直都在我们身边，
只不过我们有时并不知道那是什么……

快问快答

以下哪些事情是真的？

⚙ "virus"（病毒）一词，曾被古罗马人用来
表示"毒药"。 真/假

⚙ 黄热病是首个被发现的"人类"病毒，发现
于1881年。 真/假

⚙ 直到1931年，电子显微镜发明后，人类才能
够真正看见病毒。 真/假

⚙ 首次发现人类冠状病毒的女性，也发现了鸡
会患上鸡传染性支气管炎！ 真/假

答案：以上都是真的。谢天谢地，珍·阿尔梅达没被吓到放弃工作而退出医疗领域，叫她滚！尽管一开始是于英国，又来自一个贫穷家庭，她16岁就离开了学校。尽管如此，她的第一份工作是在实验室看显微镜，之后，她一直坚持学习，最终成为杰出的科学家。她发现冠状病毒的那一次，一所医学校里一名小男孩严重的肺部感染是显微镜专家的功劳。所以如果你也有一个梦想，就去坚持你的行动。有一天，你也许能改造世界，这绝对是令人激动的人。

斑点"怪物"

天花对人类的影响可以追溯到数千年以前。在中世纪，天花对人类的打击尤为惨重。天花能够引起发烧和呕吐，紧接着是口腔溃烂，皮肤上还会起水疱。

人们对天花非常恐惧，于是，人们管它叫"斑点怪物"。

英国的女王伊丽莎白一世甚至都感染过天花。女王刚生病时，人们误以为这只是普通的感冒，后来女王发烧了，最后，人们发现女王得的是天花……

起初，女王根本不相信自己竟然会得这么可怕的疾病！那时，女王生命垂危，她的朋友玛丽·锡德尼夫人一直在旁照料。

妆化得太浓了？

玛丽夫人毁容很严重，于是，她跟当时的许多女性一样，也开始涂抹厚厚的白色化妆品来遮盖。

不过，远在伊丽莎白女王以前，天花就已经徘徊在人类身边了。人们认为，天花甚至可以追溯到另一个王室家族，那就是古埃及的法老！

当拉美西斯五世的木乃伊被挖掘出来时，埃及的考古学家发现木乃伊身上布满了小点，这些小点很可能是由天花造成的。

植物会打喷嚏吗

嗯……或许植物不会打喷嚏，可它们的确会生病。你知道吗？有一些无法治愈的病毒也能够感染植物。19世纪时，科学家发现了第一种植物病毒，他们称这种病毒为烟草花叶病毒。

猜猜这种病毒为什么叫这个名字？没错，当然是因为这种病毒首先是在烟草上发现的！烟草花叶病毒是杆状病毒，能够感染番茄和辣椒。感染这种病毒后，植物的叶子可能会变黄，出现斑点，生长缓慢或叶片变褶皱。

麻疹

你身上有没有出过一些小点点？全身上下都有的那种？如果有过，那你有可能得过麻疹。麻疹是一种传染性极强的疾病，病程通常会持续7~10天。

麻疹可能会导致：

症状	也可能会有更严重的问题出现，例如：
🦠 发热	🦠 癫痫发作
🦠 咳嗽	🦠 失明
🦠 流鼻涕	🦠 脑肿胀
🦠 眼睛红肿	
🦠 长皮疹	

幸运的是，我们已经可以通过接种疫苗预防麻疹了。

流感的消息漫天飞

好消息：对于大多数人来说，得一次流感，也就是流行性病毒感冒，症状并不会太严重。

坏消息：在全世界范围内，流感病毒的致死人数比其他任何病毒都要多。

1918年暴发的流感，在全球造成的死亡人数最多。当时，正处于第一次世界大战期间，因为流感太严重了，报纸上甚至都刊登了招聘护士的广告！

招聘护士

薪酬15~25英镑，工作内容如下：

- 开救护车
- 听双肺的声音
- 服务和保障
- 让祖国为你感到骄傲

一个改变你一生的职业！

这场流感起源于哪里？我们并不完全确定。

不过，流感最初是由西班牙媒体报道的，甚至连西班牙的国王都得了流感。其实，当时的英国、德国和法国等国家也出现了流感病例，只是因为战争仍在继续，这些国家的报纸不允许报道这种致命的病毒。为什么不能呢？因为政客们不想有损士气。

西班牙是第一次世界大战的中立国，所以当时即使西班牙国内出现病例报告，也不会有损士气，于是每天报道新病例，后来其他国家也因此称此次流感为"西班牙型流行性感冒"。

你知道吗？

1918年的大流感造成了至少5 000万人死亡。科学家最近着手重建这种病毒的结构，而且他们成功了！

可科学家们为什么要这样做呢？原来，他们是想弄明白，这种病毒为何能够如此迅速地从一个人身上传播到另一个人身上。

当时的人们甚至以为，这场流感会让人类彻底灭绝！

艾滋病和
艾滋病病毒

　　20世纪80年代早期，获得性免疫缺陷综合征（或称艾滋病）一度达到了流行病的级别。第一位艾滋病病例是在1959年发现的。多年后，法国学者弗朗索瓦丝·巴尔·西诺西和吕克·蒙塔尼从艾滋病病人的身上提取了细胞，随后发现了导致艾滋病的病毒。这种病毒被称作人类免疫缺陷病毒或HIV。"免疫缺陷"指的是免疫系统有缺失。HIV攻击的正是人体内抗击病毒和其他入侵者的系统，即人体的免疫系统。HIV是一种逆转录病毒，这一类病毒会攻击并逐渐削弱患者的免疫系统，直到患者无法抵御感染。

由于人们的生活方式有所差异，病毒的传播方式也不尽相同。

我们现在知道，HIV是通过艾滋病病毒感染者体内的体液传播的。如果人类能够早点了解这些细节，或许就能够早一些预防这一病毒的传播。

另外，人类也很幸运，因为我们现在有了抗逆转录病毒治疗。这种疗法能够减少人体内艾滋病病毒的数量，这意味着HIV携带者也能够拥有较高质量的生活！

人类十大传染病

下页的表格列出了10种较可怕的传染病，它们对人类的影响尤为恶劣。每种致命的传染病都曾经造成了大量人口的死亡。

究竟什么才是隐藏在这些传染病背后的罪魁祸首呢？难道是……

- 病毒。
- 细菌。
- 寄生虫。

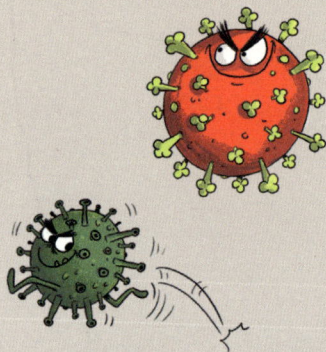

10种传染病及感染类型

病名	感染类型
黑死病（鼠疫）	细菌
霍乱	细菌
流感	病毒
疟疾	寄生虫
肺结核	细菌
麻疹	病毒
天花	病毒
艾滋病	病毒
埃博拉出血热	病毒
新冠病毒感染	病毒

传染病大暴发

在人类历史上，哪两场传染病的暴发造成的死亡人数最多？

1. 黑死病（鼠疫），14世纪40年代

这是历史上较为致命的一次传染病大流行。黑死病是由一种名为鼠疫耶尔森菌的细菌引起的。从表面来看，传播这种细菌的是跳蚤。不过，如果深入观察就会发现，当时人们糟糕的卫生习惯才是造成这种疾病传播的罪魁祸首。在这场鼠疫中，多达2 500万人死亡。

2. 大流感，1918年

1918年的流感疫情开始于1918年2月，结束于1920年4月。这场流感感染了全世界三分之一的人口，大约5亿人！

如今，由病毒引起的流行病更有可能发生。这是为什么呢？

两个原因

1. 1928年，科学先驱亚历山大·弗莱明发现了青霉素，这一发现也使他成为医学界的超级英雄！青霉素对细菌有用，对病毒却无效。

2. 一个互联互通的世界诞生！现在，越来越多的人到世界各地旅行，这也意味着病毒能够更快速地传播！

随着青霉素等抗生素的发现，现在，许多细菌性疾病都能够被治愈，不过抗生素的耐药性是一个巨大的问题。如果细菌对抗生素产生耐药性，即细菌能够抵抗药物，那么与细菌相关的疾病将重新袭来。正因为如此，科学家们才必须不断努力，希望找到更好的药物和更佳的治疗方法。

假如你是大瘟疫时期的医生

17世纪时，一场大瘟疫席卷了整个英国伦敦。这场瘟疫是由淋巴腺鼠疫造成的。造成瘟疫传播的是鼠蚤。如果你是一位大瘟疫时期的医生，在给一位病人看完病后，会在笔记本上记些什么呢？

你的穿戴

你可能会戴一个像鸟喙的"口罩"！大瘟疫时期的医生会戴一只皮革做的鸟喙，里面塞着干花、草药和饱吸了醋的海绵。按照当时的理论，这种方法能够防止被鼠疫传染。不过，当时的理论是错的！

你会看到哪些症状

发烧、发冷、感染性肿胀、呕吐、身体虚弱，甚至会看到口腔或屁股出血！

你需要做什么

参与救治或接受治疗培训。不过你知道吗？大瘟疫时期的许多医生都没有接受过正式的训练！

你可以给予什么治疗

你可以开药方，例如酢浆草、蒲公英或鼠尾草。还可以叮嘱病人吃一些有助于恢复健康的食物。

第 7 章

战胜病毒

想要确保每个人不被感染，
我们仍然任重而道远！

减少风险

疫苗改变了我们的生活，能够拯救我们的生命。这是否意味着我们完成了自己的任务，又能够无忧无虑地生活和学习了呢？

不！

想要一劳永逸地将疫情甩到身后，我们需要改变自己的生活方式——尤其是在病毒引发的流行病更为频繁的今天。

想减少风险，我们能做些什么呢？试试以下5件事吧。

与那些不跟你在同一个社交圈子里的人保持一定的距离。

戴口罩——你想戴什么样式的口罩呢？

洗手，破坏病毒的囊膜！

通过电话或网络与亲朋好友保持联系，给予安慰。

提高健康意识，分享正确的科学知识。

你的贡献很有帮助

　　卡特琳·华莱士博士自嘲是个呆子，其实她是一位货真价实的流行病学家，即公共卫生领域的专家。卡特琳博士与公众分享了许多关于如何减少病毒传播的方法。卡特琳博士关注感染率，并给出了如何延缓病毒传播的建议。她平常都是骑小摩托去上班的！前进吧，卡特琳博士！

疫苗梯子

你知道吗？除了干净的水之外，疫苗拯救的生命比任何其他干预措施都要多。不过，疫苗可不是一夜之间就能生产出来的。首先，疫苗的研制必须经历许多阶段。就像是爬梯子，必须一级一级向上爬，最后才能到达顶点或者注射到人的体内！

疫苗梯子可能长这个样子……

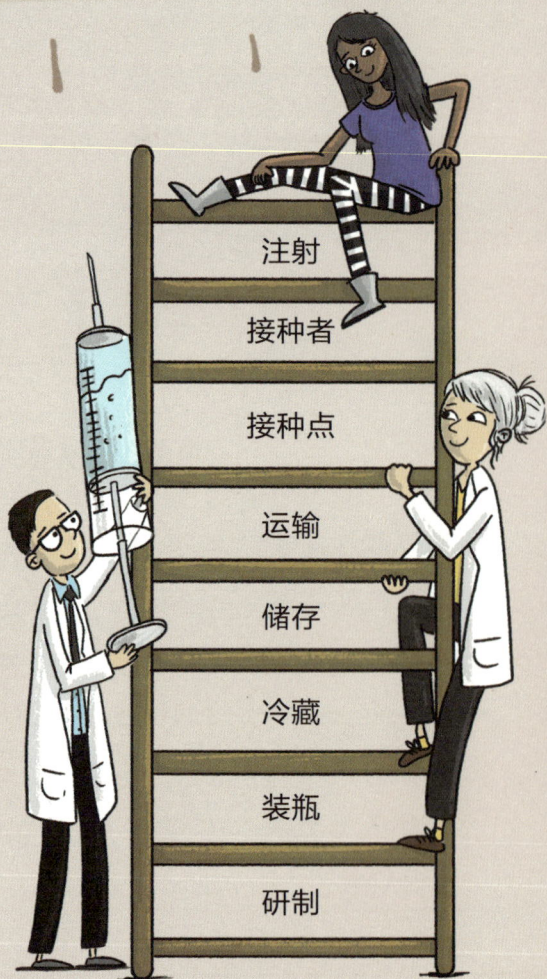

注射

接种者

接种点

运输

储存

冷藏

装瓶

研制

疫苗需要在合适的温度下储存，这样才能够将它安全地运输到世界各地的医院、药店或诊所里。某些新冠病毒的疫苗需要保存在零下70℃的环境中！这可比北极还要冷。接种点需要大量的空间来容纳前来接种的人。瞧瞧这些地方，是不是十分不寻常，我们之前可从没想过它们竟然能作为医疗设施使用！

疫苗的迷思

下面几个关于疫苗的说法都是错误的，快来帮忙揭穿吧！

> 新冠疫苗的研发是不是太仓促了？

错！ 新冠疫苗的研发很快，这是事实。不过，这是因为**研发资金**到位（所有人都掏空了自己的钱包），还有**国际科学界的通力合作**，以及之前对**冠状病毒的研究成果**。

不过，疫苗的临床试验，即考察疫苗对人体的安全性和效果的试验，可一点都不仓促哦。

打了疫苗会产生
长期副作用！

不太可能！如果疫苗出现并发症或副作用，如过敏
反应，通常会在接种之后的几分钟或几小时内出现。

你可能会因为接种疫苗
而感染新冠病毒！

错！疫苗里没有活的病毒，所以不
会感染。不过，人体有可能会产生副作
用，例如接种疫苗后会出现手臂疼痛或头
疼，抑或感到疲惫，不过，这些都是因为身体的免疫反
应导致的。这恰恰说明疫苗起作用了！

我已经感染过病毒
了，所以不需要再接
种疫苗了！

你确定吗？有证据表明，接种疫苗
比感染病毒能够获得更好的保护。此外，我
们还不知道对病毒的免疫会持续多久，所以，接种疫苗意
味着长效保护。谨慎一点，还是接种为妙。

制造疫苗

病毒是一个会变异的"怪物"。它一直都在变化，不断地感染人体。

新冠病毒也不例外。它经历了成千上万次突变，其致死程度和传播强度也在持续变化。这听上去是不是很可怕？然而我要说的是，没有必要过于恐慌。把这想象成一场战斗吧，一场变异病毒与人类之间的对决！

自然选择

1859年，查尔斯·罗伯特·达尔文描述了他的自然选择进化理论。他的理论解释了为什么会有不同物种的存在。达尔文说，如果个体能够适应所在的环境，那么它更有可能生存下去，并不断繁衍。这个理论也同样适用于病毒。

那么，这难道意味着变异病毒会赢得这场战斗吗？

不！赢的是人类！

超人般的科学家们正在夜以继日地工作！变异病毒或许会减弱疫苗的作用，但是！我们的科技也是在持续迭代的。

新的mRNA疫苗的更新速度超级迅速！科学家们在定期研发加强针，帮助人们赢下这场与变异病毒之间的战斗。

疫苗赢家

安娜·布莱克尼博士和保罗·麦凯博士是伦敦帝国理工学院的学者，他们的工作是制造一种mRNA疫苗，他们并没有停下脚步。他们一直在密切监控病毒的变化，并针对恶性病毒的变异对疫苗进行改进。

· 他们设计疫苗，考虑疫苗会如何发挥作用。

· 他们利用实验室里大量最新的设备研制疫苗。

· 他们将制造好的疫苗送去做临床试验，与变异病毒作战！

战胜病毒

天花最早出现在3 000年前，可直到1980年，人类才最终消灭它。直到今天，天花也仍然是唯一一种被完全消灭的病毒。

与天花一样，人类很难快速战胜新冠病毒。不过，我们可以限制病毒的传播。可这要付出怎样的代价呢？我们还需要回答这些问题：

新冠病毒感染会不会……

- 像流感一样，一波又一波袭来？
- 像顽固的疾病一样，永远都不会消失？
- 完全消失？

大多数专家认为，前两个问题的答案是**肯定的。**原因如下：

新冠病毒已经在许多地区传播，这使得我们很难将这种病毒一劳永逸地消灭掉。这种情况发展下去会演变成无处不在的"地区性流行病"。

新冠病毒可能会以季节性波动，或者小规模疫情暴发的形式卷土重来。不过，不用担心。我们有疫苗！我们能够在未来继续将疫情控制住。

团结一致

在世界各地，许多人因为感染新冠病毒而离世，也有一些人因为新冠病毒感染出现了长期健康问题。这不是任何人的错。我们有时会忧心忡忡，这很正常。

世界上充满了不确定因素，无时无刻不在发生可怕的事情。

不确定是正常的。感到害怕是正常的。提供帮助、给予帮助，或者寻求帮助也都是正常的。我们应该时不时地与所爱的人或身边的朋友、老师聊一聊，说一说我们的想法和感受。越是能够开诚布公地谈论自己的困境，心情就会越好。你可以用这样的方法帮助你的父母、兄弟姐妹、朋友，当然还有你自己！

10个守候小·贴士

1. 保持规律的生活	6. 保持积极的心态
2. 与他人分享故事	7. 不隐藏自己的担忧
3. 主动帮助他人	8. 只相信事实
4. 尝试能平复心情的手工	9. 画画
5. 保持耐心	10. 表达爱意

这些重要的事情将让你受益终生，并且能帮助我们铭记那些逝去的人。

谢谢你们，一线工作者们

一线工作者们是超级英雄！在他们的帮助下，我们度过了一个又一个艰难的时期。既然如此，我们为什么不设计一套超级英雄的服装，让你认识的相关工作者穿上试一试呢？你的超级英雄服装长什么样子？你为什么这样设计？制作超级英雄的服装会用到什么工具？会使用什么样的防护措施呢？用颜料或彩色铅笔，画出漂亮又闪亮的服装吧！

一线工作者包括不限于：
· 老师
· 快递员
· 医护人员
· 超市工作人员
· 志愿者

第 8 章

未来，
一个新世界

病毒将与人类长期共存。

向科技说"嗨"

在疫情全球大流行期间，人们只有在情况紧急时才会选择去看医生。这也就意味着一种叫做"远程医疗"的新事物成为常态。远程医疗指的是远程为病人提供医疗服务。你有没有打电话或者网上问诊的经历？

可穿戴医疗设备

现如今，人们正在研发一些新型的可穿戴装备，用来监测人们的生命体征，例如健康追踪器。下面这些健康问题都可以通过这类装置追踪：

- 糖尿病病人的血糖水平。
- 心率。
- 哮喘是否发作。
- 疾病的早期检测。

穿上一件背心，就能监测你的心率了！

不，不是普通的背心！

这可真时髦！

内置心脏监测系统的背心

机器人无处不在

一部分科学家认为，由于新冠疫情的暴发，人类将迎来一场机器人革命。在疫情防控期间，机器人帮我们做了许多不可思议的事情。你能猜出下面哪一件事是假的吗？

⚙ 在中国，医院使用机器人进行紫外线消毒清洁。

⚙ 一只名叫阿基拉的机械臂在床边喂病人吃葡萄。

⚙ 四轴无人机将样本送往实验室。

⚙ 在意大利，机器人护士汤米负责监测病人的情况。

答案：阿基拉机械臂其实不存在，因为我们现在还没有葡萄。

吃一堑，长一智

新冠病毒的传播教给了我们许多重要的东西。未来，我们一定能够做好更充分的准备。现在，我们已经深刻地认识到了，疾病的全球大流行会给我们的健康和社会带来如此大的冲击。

下一次大流行可能会在几年、几十年，甚至是一个世纪后来临。不过作为人类，我们将为后人积累大量的知识和经验。

我们可以：

- 使用新的"大型测试"诊断平台，即大规模的筛查。能够一次性地在全体人群中检测出某一种病毒，追踪并隔离相关病例。这将有效阻断病毒的传播。

- 使用人工智能更快地分析病毒基因组。这也预示着我们能够更快速地制造疫苗。另外，我们也会知道，哪种治疗方案的效果更好。这意味着我们能够在疫情早期保护更多的人。

- 比单个大脑更强大的大脑是什么？是扩大免疫规划大脑（Expanded Programme on Immunization，EPI）！这是世界卫生组织的一个设想，旨在帮助专家整合公共卫生数据，为新的突发事件做好准备。就像歌里唱的那样：时刻准备着！

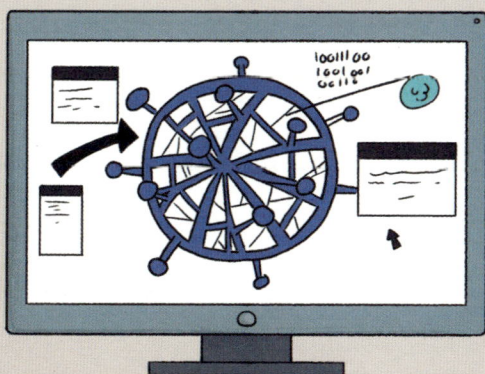

团队协作

我们已经见识到了单支疫苗的效果。不过，你知道多种疫苗联合使用的效果吗？电脑建模模拟了不同类型的疫苗一起使用的效果，这能够帮助人体获得更强大的免疫力！

单克隆抗体、实验室和美洲驼

人体会通过产生抗体来对抗病毒。单克隆抗体，简称mAbs，是一种在实验室里制造出来的抗体，也就是说这类抗体是科学家制造的，而不是我们的身体产生的！

无论是天然抗体（由人体的免疫系统产生的），还是单克隆抗体（由科学家制造的），都能够直接附着在病毒上，将病毒困在抗体的牢笼里，阻止病毒感染细胞。

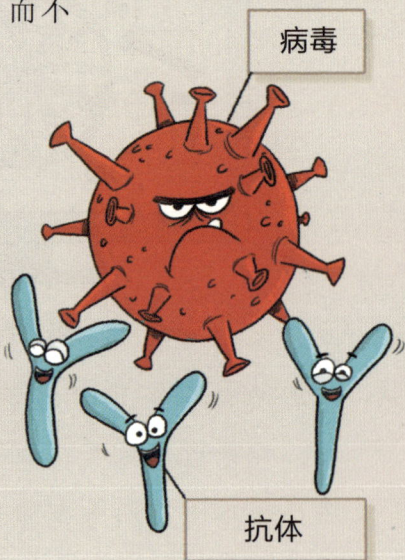

病毒

抗体

研究表明，实验室里制造的单克隆抗体也能够对抗新冠病毒，为人体提供短效保护。这就意味着在我们日益增加的抗击新冠病毒的工具箱里，单克隆抗体成了又一种重要的工具。

　　如果这还不够……**我们还有美洲驼。**

　　美洲驼？没错。

　　科学家通过最新的研究发现，在美洲驼体内，有一种叫做"纳米抗体"的蛋白质。这种蛋白质与抗体类似，有证据表明，它对新冠病毒也有效。在美国的一家农场里，一只叫科马克的美洲驼帮助人们进行了这项不可思议的研究！

我正在用美洲驼抗体抗击病毒！

113

致命的发现

我们已经学习了很多知识，包括我们的健康以及如何预防下一次全球大流行等。不过，病毒的世界纷繁复杂，还有更多新的知识等待我们去学习。

读者的心声 → 我们刚刚读完一整本书！
怎么还有更多呢？

这个世界上，还有数以百万的病毒在等着我们去发现它们。

嘿嘿！
来找我呀！

冻土里的病毒

最近，一种新型病毒进入人们的视野。好吧，也不是太新。其实，这种病毒非常古老，已经有3万岁了！只不过直到2014年，人们才第一次发现它的踪迹。研究人员将这种病毒命名为"西伯利亚阔口罐病毒"。这种病毒被冰冻在西伯利亚永久冻土层的深处，已经休眠了数个世纪。不过，只要一解冻，病毒就会立刻具有传染性。

大解冻

西伯利亚阔口罐病毒是科学家和一群勇敢的哈士奇（其实我们并不知道，当时是否有一群哈士奇）发现的。他们足够幸运，因为这种病毒对人类和动物都没有威胁！不过，这种病毒会感染阿米巴原虫（一种单细胞生命体）。随着全球气候变暖，气温升高，更多原本冰冻的地面会裸露出来。到时候，可能会有更多其他的病毒被释放，这才是真正的风险所在。到时候，或许会有更多致命的疾病出现。

一个崭新的世界

有了如此先进的科技，再加上人类生活方式的改变，新冠疫情后的世界将变得完全不同。

城市将改变：疫情告诉我们，人们无须到办公室就能够远程办公。许多家庭可能会搬离城市，前往乡村地区，这将改变社区生活的方方面面。

人际交往：封锁让我们意识到，人与人之间的交往有多么重要。人们需要面对面的联系，因此，之后的社区团体和社交活动只会增加，不会减少。

病毒学：新冠病毒方面的研究让医生和科学家更深入地了解了病毒引发疾病的原理，以及预防病毒的方法。不过，我们应该牢记，并非所有的病毒都是坏的。一些生活在人体内的病毒可能会帮助人体维持健康；还有一些病毒对生态系统至关重要，因为它们能够帮助人类所需基本营养物质进行循环，从而维持生态系统的平稳运行。如果没有这些病毒，人类将无法生存。

行星地球：全球疫情的肆虐让所有人都意识到，我们不仅需要照顾好自己，也应该好好照顾地球。随着越来越多的人搬离城市，人们之后可能会更加关心环境。我们还需要应对其他挑战，比如海洋中的塑料污染和一些气候紧急状况。

我们能否加强合作，一起应对这些科学难题呢？

一定能！

地球需要你们——未来的**领袖、科学家、医生、护士、研究人员和其他超级英雄**……你们将帮助我们把梦想变成现实——**一个崭新的世界。**

请记住，如果病毒能够适应和变化，我们也能。

相信我们一定能！

创造自己的时光胶囊

疫情总会改变我们的生活方式，在人类历史上留下深深的烙印。我们鼓励大家在遭遇疫情时写博客、拍照片和分享日常的想法。这些对未来的历史学家非常有用，能够帮助他们了解疫情防控期间世界的样子！

你也可以这样做！具体方法如下：

1. 找一个空的罐头瓶或鞋盒作为时光胶囊。

2. 用能够体现你日常生活的物品填满时光胶囊。可以是手印、全家福照片、漫画书、手工……注意哦，不要未经允许拿他人的任何东西！

3. 写一张便条，放在时光胶囊里。你可以写上自己的名字，你每天喜欢做些什么等。

4. 将时光胶囊密封起来。

找一个安全的地方保存你的时光胶囊。比如，你可以把它放到碗橱的后面，甚至埋到花园里！

　　发挥你的想象力，几百年后，谁会发现你留给这个世界的礼物呢？这是一份来自征服病毒时代的礼物。

现在，
你已经知道如何
战胜病毒了！

便便拯救世界

[英] 约翰·汤森 著

[英] 史蒂夫·布朗 绘

纪园园 译

中国纺织出版社有限公司

How Poo Can Save the World

Text copyright © 2022 John Townsend

Illustration copyright © 2022 Welbeck Publishing Limited

Simplified Chinese translation copyright © 2024 by Beijing Fast Reading Culture Media Co., Ltd.

著作权合同登记号：图字：01-2024-0166

图书在版编目（CIP）数据

便便拯救世界 / （英）约翰·汤森著；（英）史蒂夫·布朗绘；纪园园译. -- 北京：中国纺织出版社有限公司，2024.4

（奇怪的知识又增加了）

ISBN 978-7-5229-1304-9

Ⅰ.①便… Ⅱ.①约… ②史… ③纪… Ⅲ.①儿童故事—图画故事—英国—现代 Ⅳ.① I561.85

中国国家版本馆 CIP 数据核字 (2024) 第 009240 号

责任编辑：向　隽　林双双　　责任校对：王蕙莹

责任印制：储志伟

中国纺织出版社有限公司出版发行

地址：北京市朝阳区百子湾东里A407号楼　邮政编码：100124

销售电话：010—67004422　传真：010—87155801

http://www.c-textilep.com

中国纺织出版社天猫旗舰店

官方微博 http://weibo.com/2119887771

天津联城印刷有限公司印刷　各地新华书店经销

2024年4月第1版第1次印刷

开本：880×1230　1/32　印张：4.5

字数：58千字　定价：128.00元（全3册）

凡购本书，如有缺页、倒页、脱页，由本社图书营销中心调换

作为人类的一分子，如果你不清楚便便能做些什么，那就来读一读这本书吧！

——便便博物馆

前 言

　　每个人都会排便。我们生来如此。可是，如今地球上的便便却比以前多得多。

　　便便会毁掉我们的地球吗？便便会占领世界吗？我们会被便便淹没吗？

　　胡思乱想就此打住！来说说好消息——**便便可以拯救世界！**

一堆"热气腾腾"的问题

所有的生物都需要从食物和水中获取能量，以维持生长。可生物一旦吃了东西、喝了水，就需要排泄。这些排泄物的量非常大，因为在地球的各个角落，便便无时无刻不在产生。实际上，如今生产便便的人比历史上任何时候都要多。难道我们的世界要被便便彻底吞没了吗？

排泄物都去哪里了？

排泄物很危险吗？

我们该如何利用便便拯救地球？

关于**便便能量的科学**非常奇妙，本书提出的某些问题的答案，可能会让你大为震惊。做好准备吧，一大坨惊喜就要来了。

警告！
有些成年人会对这本书的内容嗤之以鼻！

目　录

第1章

便便的基础知识

便便究竟是什么？
它为什么如此奇妙？

简单来说，便便就是人体摄入的食物和水分经过消化系统的消化和吸收后剩下的食物残渣。科学家将这种固体废料称为排泄物、粪便或大便。不过，人们私下里很可能直接喊它"便便"。

认识便便

便便里不仅有肠道内的死细胞、大量细菌和水分，还有胃里没有完全消化的食物纤维。便便的颜色、形状和味道跟我们吃的食物密切相关。人的饮食也会影响便便的密度。

你知道吗？

便便能够传播许多疾病，为了确保安全，应该将它们妥善处理。可有趣的是，科学家们也不是一开始就知道这一点。在过去的150多年里，科学家们夜以继日地工作，不停地研究生活在便便里的那些小小的微生物。

食物趣闻

在人的一生中，吃下去的食物重量能抵上7头大象，而排出来的便便跟3头大象的重量差不多。当然，这可不是一次排出来的！

身体的废物

　　嚼碎的食物只需要花上几秒，就能够进入胃里。食物在胃里会变成一团翻涌的黏稠液体。随后，食物会被推送进小肠，其中的营养物质被吸收，进入血液循环系统。消化完一整顿饭需要4~8小时。消化后剩余的残液和残渣会被挤压，先是经过大肠，随后被排出体外。每天通过人体的食物与水加在一起，体积大约有10升之多，不过只有很小一部分会变成固体的便便。

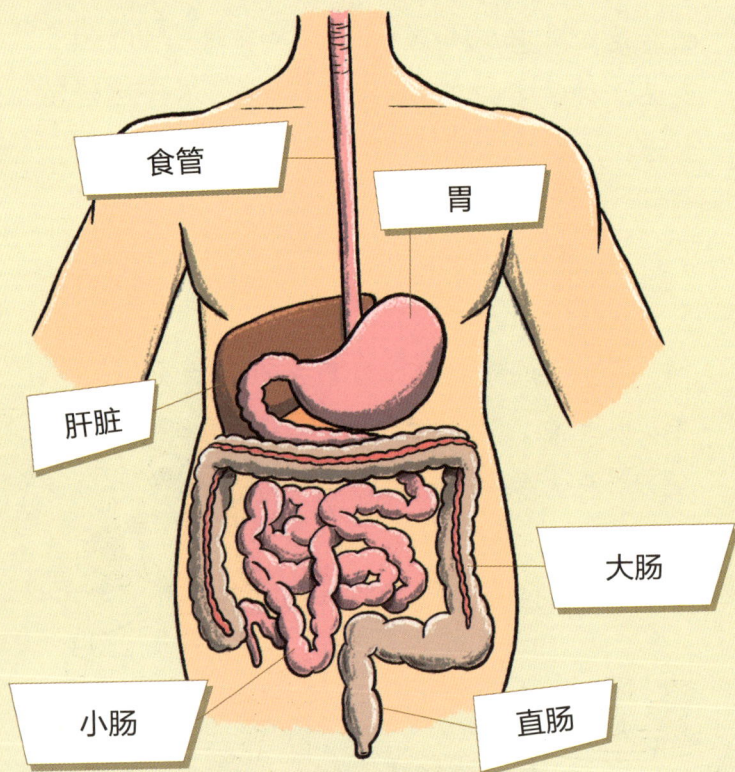

食管

胃

肝脏

大肠

小肠

直肠

4

有趣的数字

一个普通的成年人，每天排泄的便便大约重400克，相当于4个大柠檬的重量。

每个人每年的排泄量大约为145千克，体积相当于一只成年大熊猫。

地球上所有的人一年生产的便便大约为3 000亿千克，堆积起来，就相当于60座胡夫金字塔的体积。

如果把地球上所有动物的排泄物堆成一座便便山，你就能感受到这些排泄物的体积到底有多大了。让我们走进便便的广阔世界吧！哦，对了，散步的时候一定要小心，可别踩上便便哦！

从前，有一坨便便……

在人类数千年的历史中，便便都发挥着很重要的作用。虽然便便脏兮兮、臭烘烘的，甚至对人类有害，可是，如果能好好利用，便便也能变成有价值的材料。当便便腐烂成脆脆的小块后，就变成了养分丰富的肥料，对土壤大有益处。几个世纪以来，人们将人畜的粪便撒到农田里，种出美味可口的庄稼。粪肥向土壤中添加了许多重要的营养物质，如氮元素，帮助农作物茁壮成长。

我给我的草莓撒了粪肥。

真的吗？我更喜欢在草莓上撒冰激凌！

有用的便便纸

很久以前，动物的粪便除了能作为土壤肥料外，还能用来造纸。大象的粪便里都是满满的植物纤维，因此在非洲和亚洲的部分地区，人们就利用大象的便便来造纸。先是将便便制成纸浆，再经过压制和烘干，就能制造出像羊皮纸一样的纸张了。还有一些动物的粪便，如马、美洲驼和袋鼠的粪便，也是造纸厂的后备原料。大熊猫的便便还能制作——猜猜是什么？卫生纸！

金黄的便便

　　研究生活污水的科学家们在便便中发现了形形色色的成分，包括一些贵重金属和矿物质的小颗粒，如黄金和白银颗粒。这是因为这些小颗粒存在于各类食品中，最终，它们会随着食品进入人体。等到这些小颗粒随着便便一起排出体外，被马桶冲走，最后就进入污水处理厂。一项针对污水的研究发现，100万人的粪便中含有价值高达几百万英镑的黄金。看来，金黄的便便里真的有黄金呀！

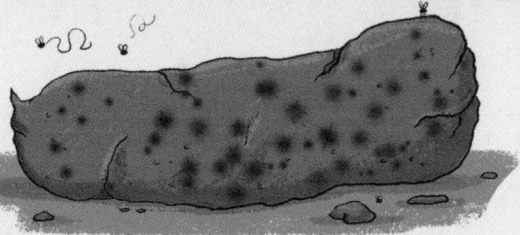

有的便便已经存在了数百万年之久。恐龙就曾经留下许多巨型粪团。试想,这种生物排出的便便得有多大!我们今天能在很多地方找到这些粪团,不过,它们现在都变成了化石。我们把这些硬邦邦的残留物称作"粪化石"。粪化石经过抛光,能够制成珠宝供人们佩戴。你想在头上佩戴便便的化石吗?

便便的危险之处

　　除了在卫生间，还能在别的地方拉便便吗？如果你从来没想过这个问题，那你算得上是很幸运了。因为全世界有数百万人没有像样的厕所，厕所在他们眼里就是"奢侈品"。全球约有45亿人没有干净卫生的马桶，无法安全地处理他们的排泄物。这意味着地球上有数百万吨人类的排泄物未经任何处理，直接排放。甚至在许多地区，超过90%的排泄物直接流入小溪、湖泊和河流中，而这些水源恰恰是人们汲取饮用水的地方。

　　在全球范围内，至少18亿人口的饮用水水源被粪便的细菌污染。儿童饮用被污染的水源后，可能会患上严重的疾病。据估计，每年约有842 000人因为饮用含有便便细菌的水而死亡。安全地处理便便对地球和人类的未来至关重要，而这仅仅是其中一个原因。

危险！
不可饮用

蚯蚓
饥肠辘辘

便便污染有方法

在全球许多偏远的农村地区，普遍存在一个很大的问题，那就是缺乏卫生设施。自来水和抽水马桶价格昂贵，而且需要水管工人维持设备的正常运转。解决此问题的方案之一便是建设"蚯蚓厕所"。这种厕所不需要冲水，只需要一个大容器，在里面装满喜欢咀嚼便便的蚯蚓就可以了。短短6个月内，蚯蚓就能将人类的排泄物变成非常有用且没有臭味的肥料。

蚯蚓厕所的工作原理

使用蚯蚓厕所时，人的便便并不是直接落进装着水的马桶里，而是掉进一个装满了蚯蚓的大容器中。在自然界中，蚯蚓正是靠吃牛、马等动物的粪便生存的。因此，在蚯蚓厕所里的蚯蚓和在泥土里扭来扭去的同类一样快乐。这些蚯蚓可一点儿都不想逃跑，因为它们正忙着把排泄物变成堆肥呢。它们堆好的肥料刚好能撒在地里，帮助农作物更加茁壮地生长。没错，就算是一条真正的蚯蚓用了蚯蚓厕所，里面的蚯蚓也会照常工作，把蚯蚓的粪便变成对植物友好的肥料。

动物便便趣闻

古罗马人曾用鸽子的便便当染发剂，把头发染成金色。

在2009年以前，美国阿拉斯加州都会举办"扔驼鹿粪节"，而且已连续举办近40年。其中，有一个投掷驼鹿粪便的游戏。游戏规则是这样的：人们从直升机上将编好号码的驼鹿粪便扔下来，然后猜它们掉落的位置并下注。千万可别掉到巧克力曲奇饼干上。

多好玩呀！

🌀 蝙蝠的粪便中含有大量的钾，在美国南北战争期间，人们就用它来制造火药。蝙蝠便便聚积到一起，形成一种叫"鸟粪石"的矿石，这种矿石是会爆炸的！

🌀 在澳大利亚，有一种毛茸茸的动物，叫塔斯马尼亚袋熊。这种动物每天都能拉出将近100个立方体的便便——每个立方体的大小和形状跟方糖差不多。这可是袋熊的拿手好戏。就像许多澳大利亚人说的："便便越方，袋熊越壮。"

读到这里，你怎么看……便便是朋友、敌人，还是超级英雄？

第2章

便便通史

气味的变化

在过去几百年间，人们将便便用作燃料和建筑材料。人们还会点燃干燥的粪便，或是将它们涂抹到墙上来取暖，而且这些用法一直延续到了今天。在许多国家，人们将牛粪与黏土混合，用来抹墙。这是因为新鲜牛粪中的化学物质与黏土中的矿物质发生反应，会让两者的混合物变得更硬，还能有效防止墙体开裂，而且气味很快就消散得一干二净！

早期在美国大平原上，欧洲移民将干的野牛粪便作为燃料，他们管这叫"野牛粪片"。

古代的便便能源

在古埃及和波斯，干燥的动物粪便被用作燃料。在很长一段时间里，印度人也用牛粪作燃料。人们用双手将粪块压实，然后烘干，制成"粪饼"。粪饼易于燃烧，特别适合用于日常烧火做饭。粪饼不仅能够充当廉价且有效的燃料，还能免于成为臭气熏天的垃圾，招来嗡嗡乱飞的苍蝇。

街头的马粪

在人类六千多年的文明史中，直到19世纪40年代第一次工业革命完成之前，唯一比步行速度更快的出行方式就是乘坐马车。那时，无论是镇子上，还是城市里，都是一派"车水马龙"的景象，走到哪里都能看到马车。这也意味着马粪遍地都是。因此，在1800年以前，像美国纽约这样繁华的城市也曾出现过极为严重的马粪污染问题。

令人作呕

在炎热的夏日，城市大街上的马粪被太阳烘干，随之产生的尘埃漫天飞扬。在寒冷的冬日，街道上变得泥泞不堪、臭气熏天。粪便引得数百万只苍蝇嗡嗡打转。这些苍蝇会带来许多足以致命的疾病，比如伤寒。大大小小的街道上堆满了小山高的粪便，因此，当那些身着长裙的女士走过时，需要有人为她们挖出一条通道来。这时，许多拿着扫帚的小孩就会等在街角，伺机扮演"过路清洁工"的角色，希望能从过马路的人那里挣些报酬。还有一些小孩会在大街上捡狗屎，把狗屎卖给皮革厂赚点小钱。把皮革扔进一大桶"咕噜咕噜"冒泡的便便里，皮革就能变得很软。

便便的杀伤力

便便能够传播许多致命的疾病，霍乱便是其中一种。1831—1866年，仅英国伦敦就有至少4万人死于霍乱。当时的人们并不知道疾病能够通过污水传播，也不知道霍乱细菌能够进入饮用水中，而是认为疾病是通过臭烘烘的空气传播的。

19世纪40年代，比较富裕的家庭开始使用抽水马桶，并将马桶连接到排水管上。他们认为，如果能将家中便便散发的恶臭快速排出去，就能够阻止臭气在城中传播霍乱了。然而，他们大错特错了！巨量掺着便便的污水就这样齐刷刷地冲进了河道。后来，人们才知道霍乱是通过掺着便便的河水传播的。

险象环生

时间来到1854年。污水渗入了一口水井，新一轮霍乱疫情立刻席卷英国伦敦，并在全城肆虐。超过600人因为喝了那口井里的水而死亡。一位名叫约翰·斯诺的医生坚信，霍乱并非通过臭烘烘的空气传播的，而是通过脏水传播的。斯诺医生坚称，必须清理河水和居民饮用水。但可悲的是，还没等到其他科学家查明人类排泄物中的细菌是什么，斯诺医生就去世了。1858年，伦敦城暴发了一场大恶臭。臭味源于大量未经处理的污水直接排入泰晤士河中，自此人们才纷纷思考起粪便对健康的重要影响。

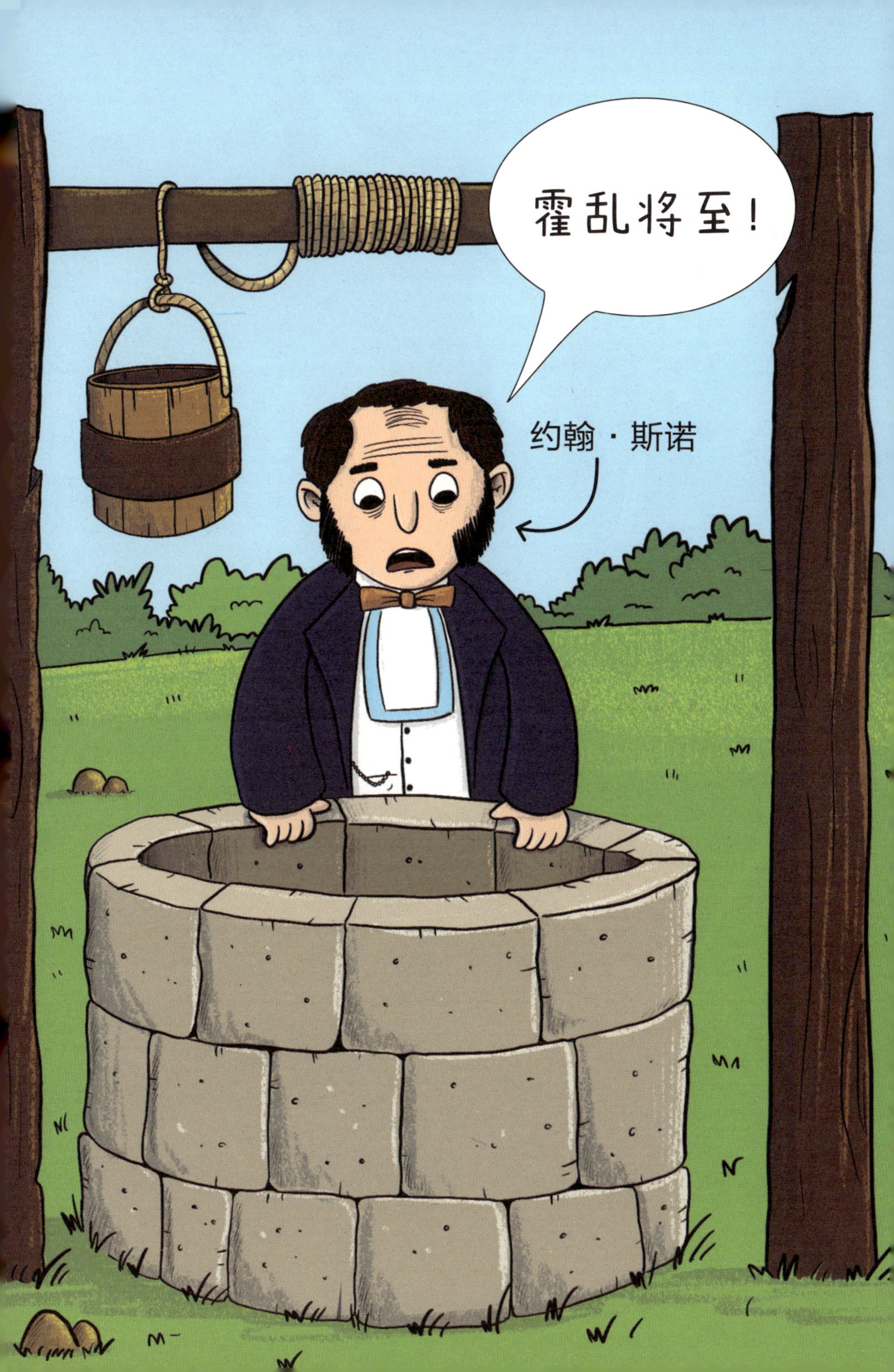
霍乱将至！
约翰·斯诺

大恶臭

1858年的夏天如期而至，那时，泰晤士河已经臭不可闻，人们将这次事件称为"大恶臭"。哪怕只是泰晤士河里的一滴水，也充满了肮脏的细菌，可能只需要几小时就能杀死一种生物。要是哪个倒霉的家伙失足落入河中，恐怕没有一丝生还的机会。

警告！
吃东西时，请停止阅读！

1858年的夏天特别炎热，河流水位下降，泥泞的河岸上倾倒的人类粪便足足有几米深。维多利亚女王也难以忍受这股臭气，不得不取消了泰晤士河上的乘船航行。女王很不高兴……大恶臭还逼得议会大厦里的政客们必须用手帕捂住鼻子才行。他们甚至想出了用漂白粉兑水浸泡窗帘的招数，希望能驱散恶臭。事情已经到了如此糟糕的地步，人们必须想办法釜底抽薪。是时候请出解决便便问题的工程师们了……

为了解决便便问题，工程师约瑟夫·巴瑟杰特设计并建造了超过130千米的大型排污管道、1 770千米的街道排污管道、4个泵站、2个污水处理厂和3座堤坝。

清理巴黎

　　与伦敦一样，法国巴黎污水处理系统的修建也是因为19世纪霍乱的大暴发。那时，巴黎的市民会直接将便便和脏水倒在窗外的大街上。污水混合着马粪，一起流进河里，最终又成为人们的饮用水。1832年，人们开始出现发烧、胸痛和呕吐的症状。出现这些症状的人大多会在一两天内死亡。在短短两周内，共有7 000人死亡，在之后的6个月内，死亡人数增加到了19 000人。要想阻止霍乱在巴黎肆虐，必须采取行动了。

截至1878年，巴黎已经建成长达600千米的地下污水处理系统，排水沟被挪到了街道两侧。甚至有游客专程来巴黎参观新的下水管道。终于，在这个以香水享誉全球的城市里，便便的味道从此没了踪影。

　　随着汽车的到来，大街上的马粪开始变少。不过，发动机排放的尾气却变得很致命，就像是便便改头换面卷土重来一样。不过这一次，人们需要给汽车提供更多清洁能源，才能让城市更安全。更多内容，请见第6章。

马桶简史

在古埃及，只有富人家才在室内装"石质马桶"。穷人家里用的是中间有个洞的木凳。无论是石质的，还是木质的，下面都会有一个小坑。人们用沙子收集排泄物。然后，有人会将排泄物清理掉，从而腾出空间。

大约在公元前800年，古罗马人修建了下水管道，还有公共厕所。公厕里面是几排长凳样的马桶。有时，一群古罗马人会排成一排，坐在这种长凳上，一边上厕所，一边畅谈"业务"。然后，人们会共用一块绑在棍子上的海绵快速擦干净屁股，再回去看角斗士战斗。

许多中世纪的城堡里都装有一个小小的厕所，被称作"内房"。"内房"直直地伸出在护城河上。扑通一声，似乎有什么东西掉进了护城河里。试想一下，如果攻占城堡的时候，被内房的"不明物体"射中，谁还会想占领这座城堡呢？

嗯——

在抽水马桶发明之前，许多普通家庭都会放一个便壶。便壶满了需要清理——通常是直接从窗口倒到大街上。剩下的你就自行想象吧。

伊丽莎白一世（1533—1603）有一个教子，名叫约翰·哈灵顿，他发明了人类历史上第一个真正意义上的抽水马桶。1592年，伊丽莎白女王在参观他的房子时大为震惊，也为自己订了一台——没准儿就装在了她带宝座的房间里。

在维多利亚时代，托马斯·克拉珀改良了抽水马桶的设计，并在马桶上印上了自己的姓氏"克拉珀（Crapper）"，在伦敦卖出了数百台。驻英美国士兵将这个词带回了美国，而且用在了日常生活中，这也正是为什么现在美国人管厕所叫"crapper"了。

19世纪晚期，伦敦市内有许多工人的住宅外都建了室外厕所，通常是建在院子最边上，供一大家子使用。在雨中排队上厕所也算是一种乐趣吧！

有一个大问题贯穿了整个人类历史，那就是如何清理家里、街道上和河流中的便便。便便最终去了哪里，它们又经历了什么呢？做好目瞪口呆的准备吧！

我要是你，就等会儿再进去！

读到这里，你怎么看……便便是朋友、敌人，还是超级英雄？

第3章

移动的便便

成功冲走便便

如何让便便连同它的臭味一起从你的眼前、鼻子里快速消失？这个难题让人类绞尽了脑汁。你可能不相信，不过历史上一直都有人在从事与处理便便相关的工作。可以这么说，这是一门大生意，充满了各种机会。就像西方一句老话说的："哪里有粪土，哪里就有金钱。"

黑夜里的淘粪工

便便能让一部分人富得油流。都铎王朝时代（1485—1603）便是如此。亨利八世国王（1491—1547）在位期间，许多人会在公共空间里"释放自己"——将便便排入粪坑中。等到排泄物填满粪坑，甚至溢出的时候，被称作"贡农"的淘粪工就会在夜里将这些便便清理干净。因为这些工作只允许在夜间进行，所以便便也被称作"夜土"。

贡农们为了确保将所有的臭泥收集干净，经常会直接将铲子插到粪坑里，有时便便甚至能没到腰间。做这些工作的常常是一些孩子，他们把便便装到手推车上，然后把一车车臭泥倒在城市边上，这样方便之后将便便撒到农田里。由于没有洗澡的便利条件，工作完成后，孩子们会穿着挖便便时的那身衣服直接上床睡觉。对他们来说，这不过就是把"工作"带回家，还带着"工作"睡觉罢了！

谁掷出了便便

虽然用便便当武器很可能没法拯救世界，不过在历史上，便便武器的确也赢过那么几场战斗。

在12世纪的中国，就有人发明了一种大型便便投石器，里面装的是混合了人类粪便、火药和毒药的"炸弹"。用一根点火棍点燃，散发着恶臭的混合物就会被投掷到敌人中间。被击中的敌人很可能想立刻投降，赶紧回家洗个澡！

即使在现代，便便也在战争中发挥过作用。2009年，俄罗斯人设计了一种"便便大炮"。当坦克里的士兵需要排便时，就会使用一种特殊的炮弹，这种炮弹内部空间足够大，能够装得下便便和炸药。士兵们将炮弹装进坦克的大炮中，随后向敌人开火。注意，请不要在家里尝试这个！

移动的便便

　　如今，现代化的城镇已拥有庞大的地下管道网络，这些穿行在地下的管道能够将便便和污水冲到很远的地方。厕所里的排泄物，连同流经水槽、浴室和街道上的废水，都被称作污水，这些污水经过污水处理系统流进污水处理厂。在污水处理厂里，所有污水翻滚着流入巨型水箱中，等待其中的固体物质慢慢沉淀。

主要的移动轨迹

等所有固体物质都沉到水底，浮渣会被撇去进行处理。这样一来，一层又一层的便便会连同淤泥一起沉淀。接下来就是厉害的地方了。人们将臭臭的沉淀物搅动起来，这样便便里生长的数十亿只微生物就能够吸入足够的氧气，充分活跃起来。这些微生物能够快速吃掉那些脏兮兮的东西——一场浩大的清理行动就开始了。可见，细菌生物学在污水处理中发挥着重要的作用。

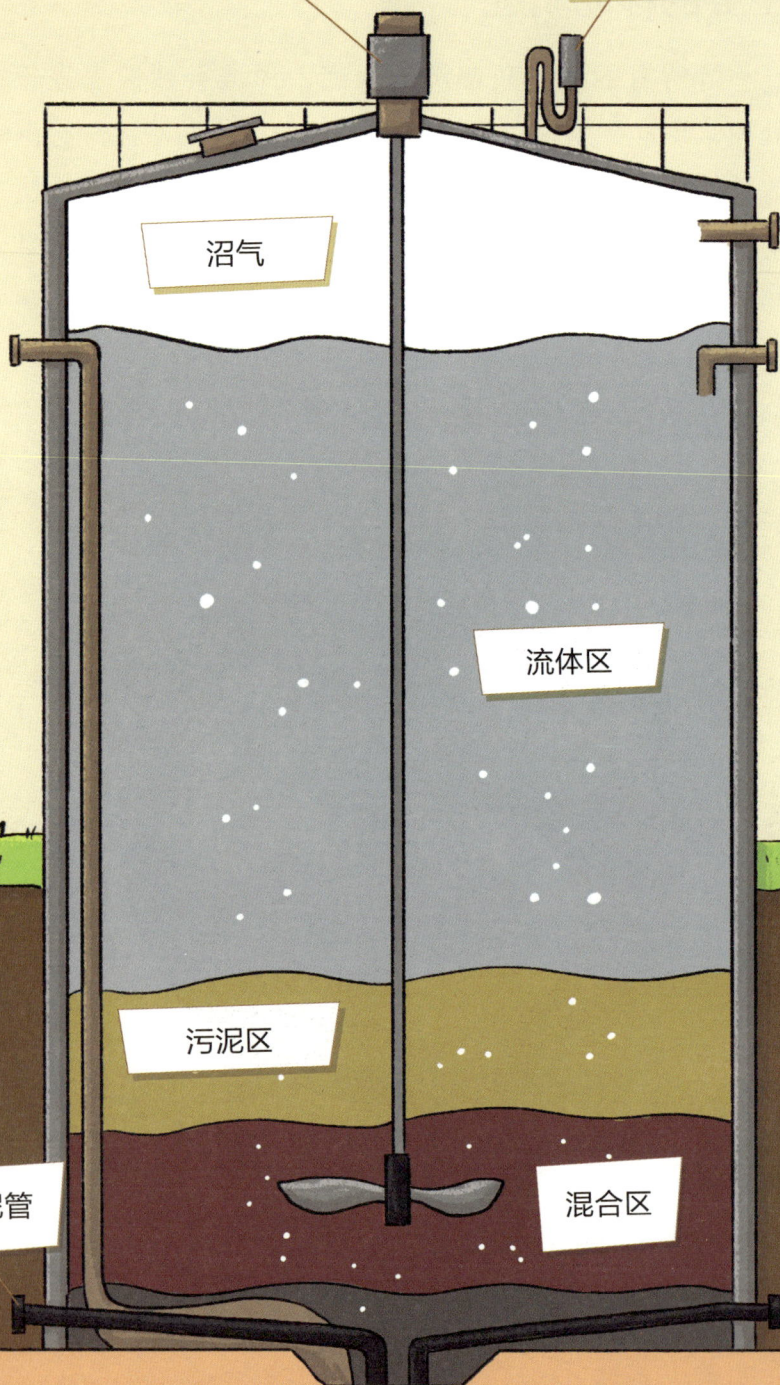

搅拌机

压力阀

沼气

流体区

污泥区

混合区

排泥管

继续前进

　　沉淀物继续前进，进入下一个水箱中，这个水箱叫"降解池"。在这里，沉淀物会被加热，某些特殊的细菌就能飞速繁殖，将黏糊糊的沉淀物轻松地分解成水和气体。最终，水经过过滤和净化后能够饮用，气体也有其他用途。不过，这还没完……剩下的液体沉淀物会进入一个像甩干机一样的大罐中被烘干。到此为止，沉淀物中所有的水分都被挤出，剩下不携带病菌的干燥沉淀物就叫作"有机残渣"，是非常优质的肥料。

　　或许，你吃到的清甜的生菜、西红柿或是草莓，还得归功于人类的有机残渣呢。科学家们坚信，对土壤而言，这种天然肥料远比人造化肥要好。即便如此，一些废水中的有机残渣还是会被送去垃圾填埋场，白白浪费掉。未来，在农业和解决人类温饱的问题上，有机残渣将变得越来越重要。

移动的动物便便

如果人类每天产生的粪便量让你觉得十分可怕，那你不妨再大胆想一想，地球上所有动物每分钟能堆积起多大量的粪便呢？请看如下两个有趣的事实：

💩 你通常看不到大量的动物便便。
💩 动物便便让地球更有活力、更绿色、更繁荣。

这又是怎么回事？其实说来也很简单，这都要归功于大自然中创造奇迹的小工人——屎壳郎，学名蜣螂。正是因为这些小小的屎壳郎将粪便埋了起来，才营造出了地球如此美妙的环境。其实，如果世界各地（南极洲除外）没有种类繁杂的屎壳郎，那么堆起来的动物粪便都能没过膝盖了。这些神奇的甲虫在粪便中觅食，并用粪便筑巢，对粪便在土壤中的分解和循环起到了至关重要的作用。健康的生态系统依赖于土壤和植物，而便便又为土壤和植物提供了充足的养料。这一切都要感谢对便便十分友好的屎壳郎。

> 别看屎壳郎个头很小，它们的身体可结实着呢！一只屎壳郎能够推、拉、滚动一只比自身重量大千倍的粪球。这就好比一个人凭自己的力气，拖动6辆装满便便的双层巴士。

42

这只屎壳郎和调酒师在聊什么？

我能坐在这儿吗？

43

澳大利亚的便便

两百年前，人们将数千头马、羊和牛带到了澳大利亚。可澳大利亚本土的屎壳郎习惯了处理袋鼠和考拉的便便，这额外增加的便便对它们来说实在太多了，根本处理不过来。没过多久，由于屎壳郎无力应对，农场里遍地都是便便，当然，少不了嗡嗡乱飞的苍蝇。便便堆积的问题开始失控了，于是澳大利亚引入了专门处理牛粪的屎壳郎。这些新来的甲虫很快就把问题解决了，同时丰富了土壤，改善了当地的环境。地上碎开的牛粪块吸引了各种各样的有益昆虫、蠕虫和真菌。便便又变成了土地的好朋友！屎壳郎在澳大利亚创造了奇迹！

便便瓦斯

　　牛粪能释放一种名为甲烷的气体。这种气体可能对地球有害——我们会在下一章讲到。但是当屎壳郎掩埋、混合和分解粪便后，便便不仅能够改良土壤和植物，还能减少甲烷气体的释放。这对全球变暖来说是个巨大的好消息，便便在其中起着重要的作用。这是为什么呢？接下来马上揭晓……

读到这里，你怎么看……便便是朋友、敌人，还是超级英雄？

第4章

便便救援

全球变暖加剧

　　很多科学家一直在警示我们，地球正在逐渐变暖。全球变暖不仅会以不同的方式影响天气，还会使冰川融化，危害海洋，导致海平面上升，引发洪水，并威胁野生动植物及其栖息地。我们有责任做出努力，因为人类正是导致全球变暖的主要原因。

简述全球变暖

　　数百万年间，地球的气候一直在不断变化。但是，人类现在引发的气候变化可能会危害地球。我们燃烧了大量燃料，增加了大气中的气体，这些气体能够吸收更多的太阳热量，从而改变世界各地的天气模式。

温室效应

　　大气层中的气体就像一张盖在地球上方的大毯子，能够阻止过多的热量散失到太空中。因此，这些气体（如二氧化碳）在保持地球温度方面至关重要。但是，如果毯子变厚，地球就会变得更热。科学家们将环绕地球的气体称为"温室气体"，因为它们就像温室外层的玻璃一样，帮助温室保存热量。

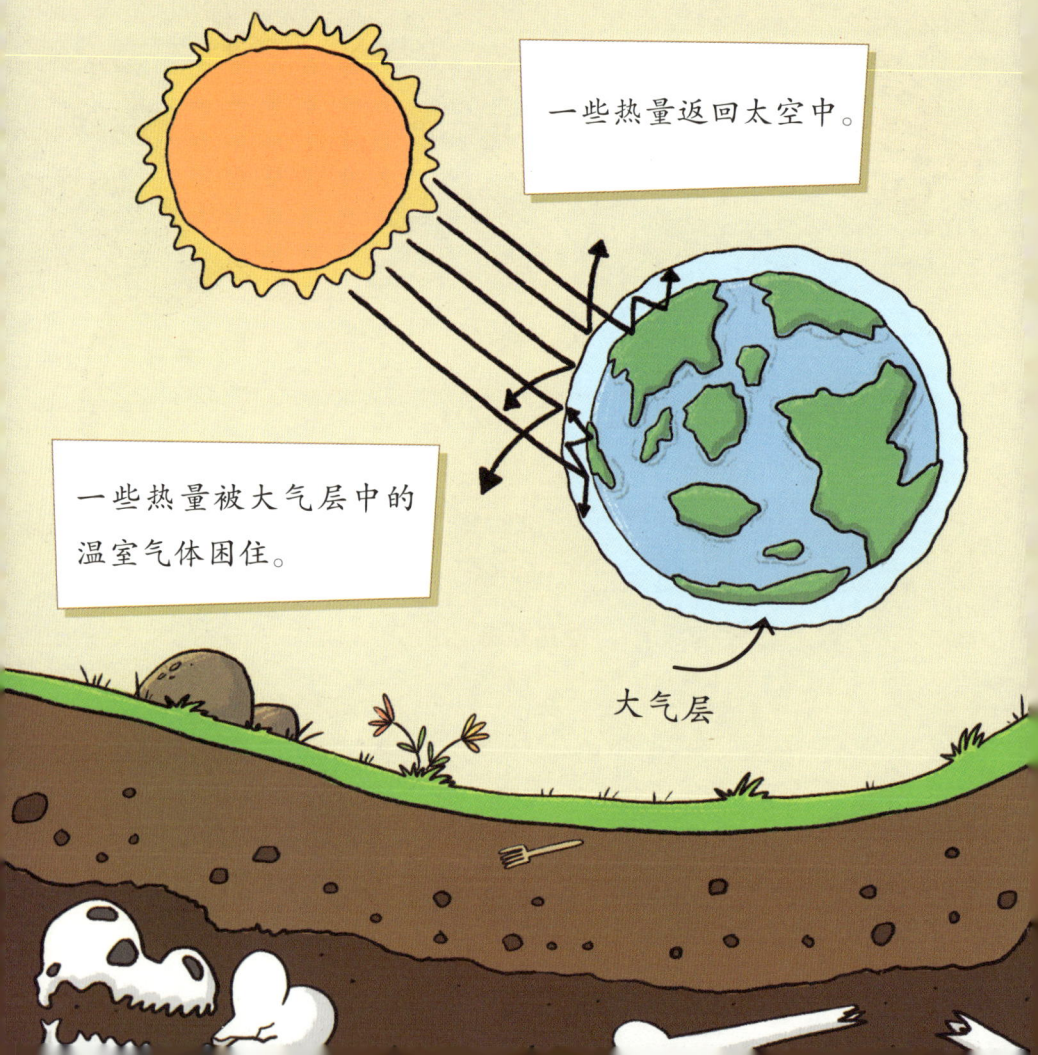

一些热量返回太空中。

一些热量被大气层中的温室气体困住。

大气层

化石燃料和碳

　　几个世纪以来，人类一直在燃烧煤炭、石油和天然气。我们将这些燃料统称为"化石燃料"，因为它们形成于数百万年前的地下。煤炭是由深埋在地下的树木形成的，而石油和天然气则是由微小的海洋生物形成的。它们都将含碳的气体困在了地球内部。如果将这些燃料燃烧，其中的二氧化碳就会被释放到空气中。

　　汽油是从富含碳的石油中提取制成的，因此汽车燃烧汽油会释放大量二氧化碳等温室气体。尽管其他燃料也会产生二氧化碳，但是用其他燃料替代化石燃料可以减少碳排放量，从而缓解全球变暖。这样一来，便便就派上用场了……

便便如何成为有用的燃料

我们先回到基础的部分……你还记得那些饥肠辘辘、在污泥臭水里大快朵颐的细菌吗？你可以这样想：这些细菌实在太贪吃了，都吃得消化不良了，它们不停地打着饱嗝。换言之，它们一直在制造气体。

好消息是粪便能够制造可以燃烧的沼气，用来供暖、烹饪或驱动发动机和发电机等。尽管燃烧沼气也会释放温室气体，但燃烧沼气释放的二氧化碳量远比燃烧化石燃料释放得少。沼气有时也被称作"碳中和燃料"。

噗！

噗！

"碳中和"是什么意思？

　　植物能够从大气中吸收二氧化碳。因此，如果动物吃掉植物，它们的粪便中就会含有碳。如果燃烧这种含碳的粪便，那么碳就会被重新释放到大气中。如果这种碳的回归是在不添加任何其他元素的情况下发生的，这种燃料就被称作"碳中和燃料"。与化石燃料不同，碳中和燃料不会增加地球上二氧化碳的总量。

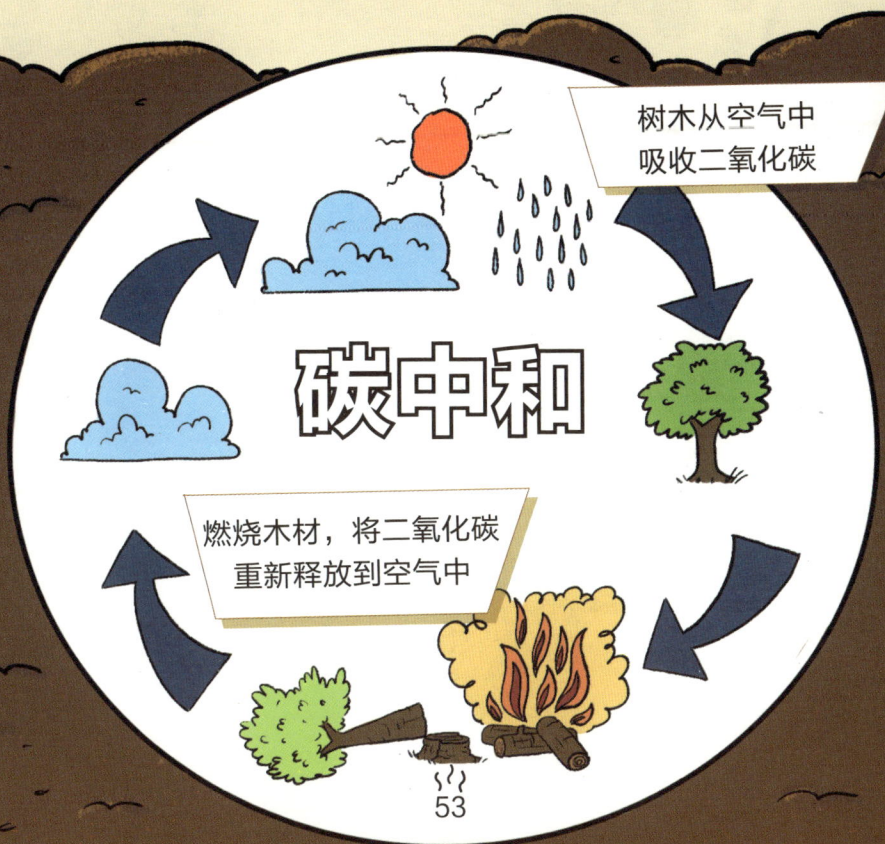

树木从空气中
吸收二氧化碳

碳中和

燃烧木材，将二氧化碳
重新释放到空气中

燃烧便便为房屋取暖

　　下水道的污水、污泥、粪便和其他可生物降解的废弃物，被储存在一个密封的大罐子里，这个罐子就是生物降解池。生物降解池里没有氧气，细菌很快就能把里面的物质全部分解，并释放甲烷，这一过程叫作"厌氧分解"。产生的气体都会进入管道，作为燃料使用。

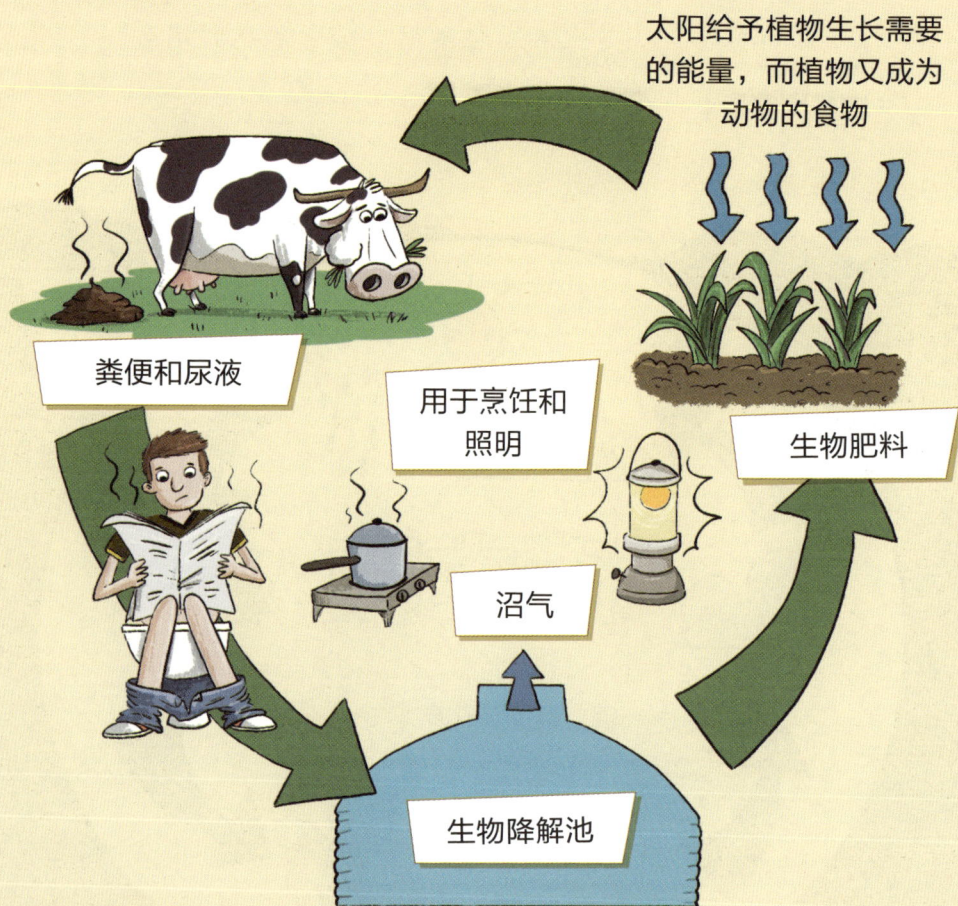

太阳给予植物生长需要的能量，而植物又成为动物的食物

粪便和尿液

用于烹饪和照明

生物肥料

沼气

生物降解池

与其他供能方式相比，沼气对地球的环境更加友好。让我们来快速了解一下！

沼气小·知识

☑ 沼气能够每周7天、每天24小时发电，不受天气影响。

☑ 沼气能够减少温室气体的排放。

☑ 避免大量废弃物倒入垃圾填埋场，从而减少释放到空气中的甲烷气体。

☑ 能够消耗大量污水和其他各类有机废物。

☑ 最后剩下的固体肥料能够制成养分丰富的无臭肥料。

所以，怎么能不爱它呢？

增长的气体

在地球大气层中，99%的气体都是氮气和氧气。剩下1%的气体中，有两种温室气体看上去好像无足轻重，实际上却非常重要。

甲烷

奶牛打的嗝和沼泽地里冒出的泡泡中，都含有甲烷，甲烷就这样被释放到大气中。但其实，人类通过燃烧化石燃料或是将垃圾倒进垃圾填埋场等行为，制造出的温室气体量远远超过其他行为。

二氧化碳

有了二氧化碳，植物才能够正常生长。然后，植物再将氧气释放到空气中，供人类和动物呼吸。人类在呼吸时，会将二氧化碳排放到空气中。大多数物质燃烧后，也会产生二氧化碳，并将其释放到空气中。

甲烷

无色

无味

存在于自然界中

易燃

在大气中能够存在10年

对全球变暖的影响比二氧化碳更大

占大气比例的0.0002%，持续增加

燃烧甲烷不会释放甲烷气体，

而是会释放二氧化碳

二氧化碳

无色

无味

存在于自然界中

不能燃烧

在大气中能够存在数百年

占大气比例的0.04%，持续增加

准备好了吗？
来看看便便如何解决
二氧化碳持续增加的
问题吧……

净化空气

　　地球上的热带雨林能够吸收大量的二氧化碳。可问题是，人类正在以惊人的速度破坏热带雨林，这着实令人担忧。不过，也有一些好消息。海洋植物也能从大气中吸收大量的二氧化碳，想让海洋植物持续吸收这种气体，其中一个方法就是利用便便。准确来说，是鲸鱼便便在海面翻涌滚动形成的巨大旋涡。

浮游植物

鲸鱼便便来营救

在海洋中，有一些极为微小的植物，如被称为"浮游植物"的海洋藻类，它们制造了地球上一半以上的氧气。同时，这些浮游植物还喂养了不计其数的海洋生物。不过，这还不是全部。浮游植物体内储存着大量碳元素，也就是说它们在减少大气二氧化碳方面发挥着关键作用。是浮游植物拯救了地球，可又是什么养活了它们呢？是鲸鱼的便便——一种富含矿物质的神奇的海洋肥料！作为地球上最大的生物，蓝鲸一次就能排便200余升，这个量可真够大的，算得上是地球上的奇迹了！

如果……

　　试想，如果我们用沼气和其他形式的可再生清洁能源（后文会介绍）代替所有的化石燃料，那么世界该会变得多么干净、多么安全啊！如果我们再种植更多的树木，好好保护海洋生物，帮助海洋吸收额外的二氧化碳，那么我们不仅能够缓解全球变暖问题，还能永远放心地大便！

保持海洋清洁——我在这儿便便！

把地球打扫干净，不然我就"呱呱"叫！

多种些树！

蜗牛定律

为什么"便便产生沼气"是个巨大的好消息呢？

- 沼气是一种可再生能源，这意味着只要人类和动物排便，沼气就会取之不尽，用之不竭。

- 虽然沼气燃烧时会产生二氧化碳，但这些正是之前植物吸收的二氧化碳。因此，唯一多排放的二氧化碳来自该过程中使用的机器。

- 制造沼气消耗的是废弃材料，无须进行昂贵、危险且破坏环境的采矿活动。

拯救我们的地球！

读到这里，你怎么看……便便是朋友、敌人，还是超级英雄？

61

第 5 章

便便在行动

便便能源

人类排泄的粪便能够制成沼气。沼气虽然还没能拯救世界，却足以照亮世界了。沼气不仅能够作为发电机的燃料，为家庭和街道供电；而且能作为发电厂的燃料，为小城镇供电。在世界各地，沼气发电已经满足了数百万个家庭的用电需求。在未来的某一天，便便或许能够为整座城市和整个铁路网络供电。

便便电力

　　现如今，大约10万人每天的排便量就能为3 000~5 000盏LED节能灯泡供电。如果我们能够将这一技术加以改进，并扩大生产规模，将所有人类和动物的粪便全部利用起来，试想一下，这将会为世界带来多大的改变。

供暖和蒸汽

　　挪威的供暖系统是全球较大的污水供暖系统之一。挪威人只要动动手指冲一冲厕所，就能为他们的房子和办公室供暖。在挪威首都奥斯陆的一条地下隧道里，机器从下水管道中吸取热量，再将热量输送到供暖管道网中，为城市中数千个暖气片和热水管供给热量。这可是百分之百的清洁能源！

马粪供电

在芬兰赫尔辛基的一次国际马展上，人们一共用了100吨马粪为马展供电。在为期4天的表演中，马粪保障了150兆瓦的电力供应。这足以为3万个家庭提供1小时的电能了。

骡子便便照亮高山

在印度北部的凯达尔纳特城，共有大约7 000头骡子。人们用骡子将朝圣者们驮到山上的神庙前。从前，骡子生产的大量粪便会被直接冲进河里，不过现在，人们会将它们收集起来。仅仅一座发电厂，每天就能够将1 250千克的骡子便便（重量相当于3头骡子）转化为50千瓦的电能，这足以为25间房屋供电。骡子便便厉害吧！

积少成多

　　一头中等大小的奶牛每天能排出大约50千克的粪便，这个重量可比大多数12岁孩子的体重还要重！这些粪便产生的电能足以为3个100瓦的灯泡供电10小时。

呕——

动物园里便便多

一些动物园正在忙着把动物的便便变成可利用的能源，毕竟动物园里的便便供应可以说是源源不断。

2017年，底特律动物园成为美国第一家将动物粪便转化为清洁能源的动物园。人们将粪便与厨余垃圾一起，直接倒进一个生物煮解器中。由此产生的沼气能够用来发电，生产的电力将为动物医院供能。剩下的固体残渣撒在动物园的花园里作为质量极佳的堆肥。现在，越来越多的动物园开始探索循环利用动物便便的方法，不再将便便作为废物浪费掉。

在加拿大多伦多动物园里，贡献便便的动物不在少数。一头印度犀一年产生的便便足以为一个家庭供电72天。多伦多动物园在运行沼气发电站时，使用了3万吨粪便和食物残渣。这种方式不仅能够为动物园提供大部分电能（相当于为500个家庭供电），还能够减少1万吨二氧化碳的排放。

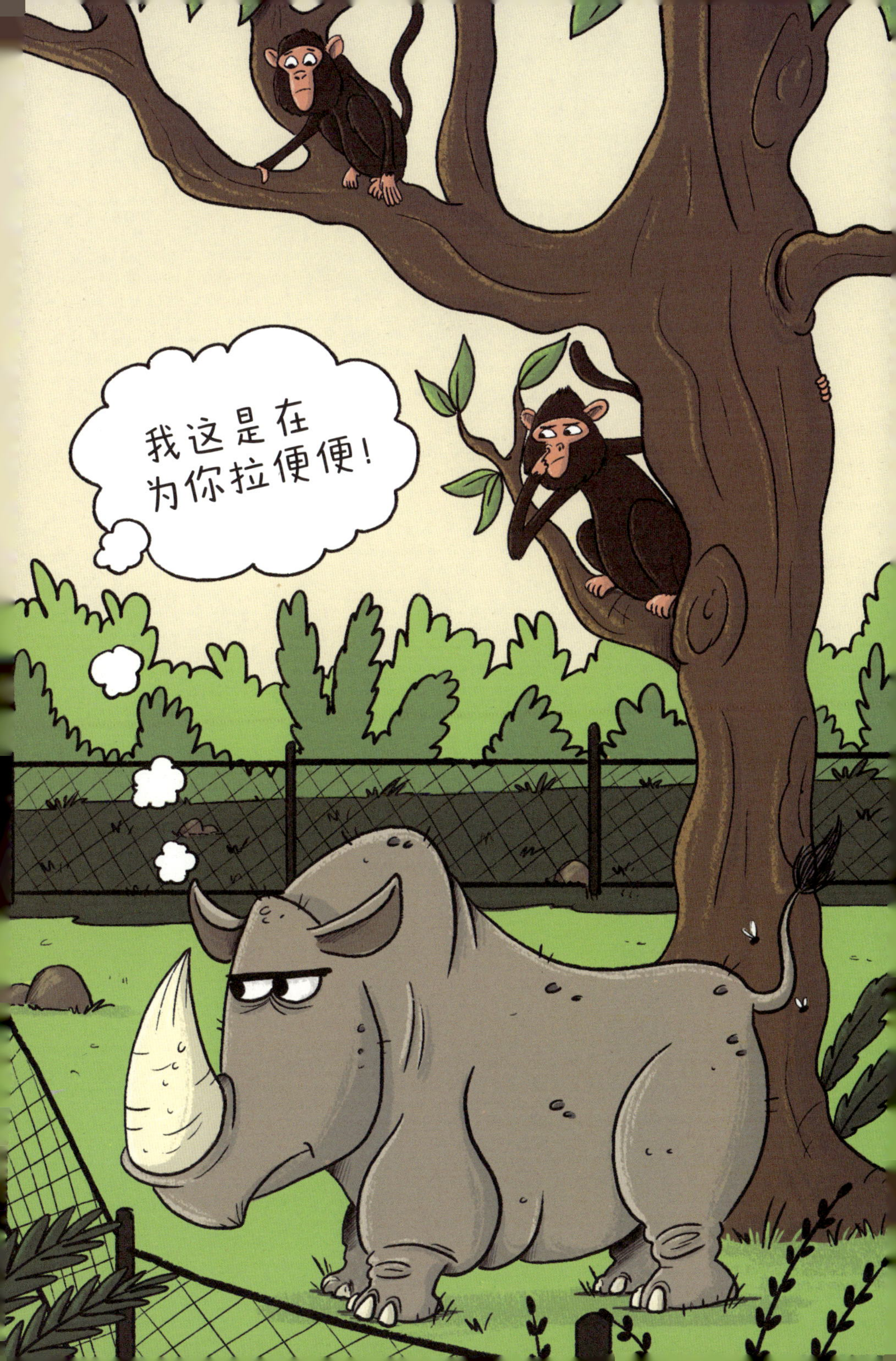
我这是在
为你拉便便！

公园里的便便

在一些国家的城市公园里，人们会利用宠物粪便为路灯供能。主人会把狗狗的粪便打包捡起，扔进公园里一个特殊的箱子里，这个箱子其实是一个小型降解池。狗主人随后只需要摇动手柄，就能够快速搅拌箱子里的粪便。之后，这个小箱子就会释放甲烷。气体通过地面管道，被传送到路灯上转化为电能，照亮周围的区域，这样狗的粪便就变废为宝了。狗狗们或许因此更喜欢灯柱了。

狗狗的便便作用大

从你开始读这本书到现在，已经有成千上万吨狗狗的便便"扑通扑通"地落到了地球上。一只狗狗每天排出的便便足够为一台家用电风扇提供2小时的电能，那如果把所有狗狗的便便收集起来，该产生多少电能啊！可问题在于，该如何把所有狗狗的便便收集起来呢？

请捡起狗便便！

偏远地区的便便

在一些极其偏远的贫困地区，还没有通电，不过便便可以拯救生活在那里的人们。当然，他们没必要用骡子、大象、犀牛、狗、马或是牛发电。豚鼠怎么样？不用担心……人们可不会为了让发电机转动，逼迫这些小小的啮齿动物整天在鼠轮上跑个没完。豚鼠每天要做的只是吃饭、休息和排便。

在南美洲的秘鲁，一个偏远的村落里，村民们饲养了近千只豚鼠。人们饲养这些啮齿动物是为了获取它们的粪便——一些干巴巴的小颗粒。这些小颗粒会被投入生物降解池中，随后加水、搅拌，最后只需慢慢等待，就能得到甲烷和丰富的液态肥料。那里的村庄每个月需要3吨豚鼠粪便，为灯泡、炉灶和电视机供电。当然，售卖液态肥料还能够为村庄带来额外的收益。

利用便便能量改善人们的生活，这对贫困的偏远地区来说是个好消息。不过，如果你听说有人利用自己的便便赚点儿小钱，是不是会很惊讶？下面马上揭晓。

鼠飞媒体

在贫穷中飞奔

呃，我好累啊！

现"拉"现付

你有没有听说过付钱请你拉便便的厕所？我可没有开玩笑——这是真的！英文里的"spending a penny（花1分钱）"，其实是"上厕所"的意思，因为在过去，人们使用公共厕所是要付1分钱的。不过，现在韩国的某个公厕会反过来付给你钱。

韩国的某所大学里安装了一种叫做"BeeVi"的新型马桶。这种马桶的原理是使用真空泵（而非水）将粪便抽进一个降解罐中，然后罐子里的细菌将粪便转化为甲烷。这些气体会转化为电能供这所大学使用，比如用来烧水。使用马桶的学生会获得一种虚拟数字货币，可以在校园里买咖啡、拉面、水果或书籍。没准用便便赚钱，也不是那么无厘头的想法……

据这所大学的一位教授说，一个普通人每天排出的粪便能够产生50升甲烷气体。这些气体能够用来发电，或是用来驱动汽车。

孩子们，充分利用你们的脑力和"便力"吧！

第6章

便便头条

主要的科学发展

　　温室气体排放的元凶之一便是汽车。2010年至今，在全球道路上飞驰的汽车数量已经超过10亿辆。汽车以及各种各样的货车排放的尾气，使得整个交通系统排放的二氧化碳量占到全球总排量的1/5。

　　难怪许多国家及其汽车制造商都将目光转向了便便，希望能从中找到一个"香喷喷"的答案。

便便助力汽车

美国正在探索利用沼气作为燃料，为各类重型车辆提供动力。其中，有一个项目是利用生活污水为市政车队提供燃料。美国科罗拉多州的大章克辛市，为市内垃圾车、街道清扫车、自卸卡车和公交车提供生物燃料。如果更多城市能够加入这个行列，这将对整体碳排放产生多大的影响啊！

生态公交车

便便在公共交通系统中大有可为！2014年，在英国的布里斯托尔市，人类第一辆"粪便能公交车"投入使用。这种公交车使用的沼气燃料，是由人类污水和生活垃圾发酵产生的。当地的污水处理厂是第一个，也是最大的一个生产最新富甲烷气体的处理厂。一满罐沼气就能够为公交车提供300千米的动力。

一车人都在上大号！

在瑞典和挪威……

2021年，全球第一台使用液态沼气供能的国际公交车开始运行。车辆往返于瑞典的斯德哥尔摩和挪威的奥斯陆之间。目前的技术已经能够将沼气冷却到零下160℃，使沼气变成液态，这样就能够拥有更高的能量密度。这也意味着，以沼气为燃料为陆上和海上长距离重型运输供能，并非没有可能。如今，沼气燃料大受欢迎。到2025年，欧洲预计有一半利用气体作为燃料的重型运输将由沼气提供动力——便便能源一定会以前所未有的方式发挥作用。

最快的公路厕所

如果你最喜欢的出行方式是一边坐在马桶上，一边飞驰在开阔的公路上，那么你可能想从日本购买一台"粪便能摩托车"。没错，这台摩托车就是用便便供能的！虽然骑摩托车的人的确坐在马桶上，但是别紧张，车座其实不是真正能用的马桶。制造商只是想以这种方式说明，他们的"粪便能摩托车"用的是沼气燃料，对环境十分友好。这种摩托车刚一亮相就引起了不小的轰动！

　　西班牙汽车制造商西雅特正在研发沼气汽车，所用的主要原料是猪粪。作为一个拥有5 000万头猪的国家，西班牙拥有足够多的原材料。截至目前，沼气汽车排放的二氧化碳比汽油车少25%，排放的颗粒污染物也要少得多。但是这类汽车成本更高，还要面临加气站缺乏等问题，相信这些问题都会一一得到解决。猪粪会对绿色出行做出持续的贡献，也许这正是猪猪的野心！

继续前进

2010年，一辆大众甲壳虫汽车利用沼气为自身提供动力，这台汽车也被俗称为"屎壳郎"。自此之后，利用便便供能的汽车越来越流行。据说，英国几十个家庭产生的粪水足以驱动大众"屎壳郎"汽车行驶一万多千米。澳大利亚在这一领域一直领先，他们的新闻头条上甚至出现了这样的内容，比如……

新闻

人类第一台便便供能汽车引起轩然大波

一辆三菱i-MiEV电动汽车（创新型电动车）使用的电能大约相当于30万个家庭产生的粪水。在2021年，现代汽车推出了电动SUV汽车，这种"新改进"的电动汽车具有如下特点：

💩 如果想把电池充满，需要耗费15万升粪水。

💩 每年能省下将近12 000元人民币的汽油费。

💩 一次充电能够行驶450千米，并且零排放。

💩 如果出门去不远的地方，一个人的粪便就能供一辆车行驶500米。不过，如果想返程回家，那兴许还得"再拉一次大便"。

环保列车

　　乘火车出行通常更为环保，因为现在的火车不会像以前的蒸汽火车那样污染空气了。毕竟，电力机车再也不会"咕嘟咕嘟"地冒烟了。不过，全球仍有一些铁路使用的电能是燃烧化石燃料产生的。

- 全世界只有大约1/3的铁路是用电力的，其中瑞士拥有最大规模的全电气化铁路网络。

- 柴油机车通过燃烧化石燃料运行，因此会排放二氧化碳。

- 英国大约有29%的火车使用柴油作为燃料，政府计划到2040年逐步淘汰柴油机车。

那么，能用什么代替柴油呢？没错，你已经猜到了！

利用粪水驱动的新型轻轨列车即将问世。英国正在开发一种能够将便便沼气转化为电能，从而为机车电池充电的轨道车。这种轨道车车身长约20米，最高时速可达80千米，最多能够搭载120名乘客。这种超级绿色迷你列车有望取代非电气化铁路支线上的柴油机车。未来是属于便便的！

空中的限制

　　飞机对环境的影响巨大，这一点我们有目共睹。人们常常指责飞机会产生过多的温室气体。即便如此，飞行产生的二氧化碳量仅占总排放量的2.5%。如今，飞机工程师们不再只是干坐在办公桌前冥思苦想，思考该如何减少飞机的污染，相反，他们已经卷起袖子，开始处理便便了。

日本全日空航空公司利用兔子的便便制造清洁燃料。据说兔子粪便中的化学物质可用于开发更为清洁的航空燃料。或许，这家航空公司现在可以被称为"全日空兔子航空公司"了。

科学家们还研发了一种新的化学方式，能够将污水转化为固态石蜡，将其作为航空煤油成分的一种。新的混合燃料能够将航空公司的排放物降低到接近零的水平。仅在美国，一年就会使用大约80亿升（2050年可能会翻倍）航空煤油。"便便石蜡"可能真的会起飞。

现在你站在便便这一边吗？便便是朋友、敌人，还是超级英雄？

第7章

小便也有大用途

未来的黄金时代

在人体的排泄物中，不是只有便便里藏着能量，另一种人体排泄物同样可以拯救环境。这种液体中隐藏的能量很早就被人类所使用，它就是尿液。虽然尿液中约有96%是水分，但尿液是一种混合物，其中包含着许多有用的化学物质。尿液中的氮元素和氢元素能够合成氨，可用来制造功能强劲的清洁剂。

一些古罗马人喜欢用一种强力漱口水来美白牙齿。不，它不是新鲜的薄荷口味——而是看起来很恶心的黄色。这种漱口水其实就是未稀释的人类或动物的尿液。这还不算什么，据说在古罗马城的街角，常常放着一些罐子，供路过的人们小便使用。罐子里的液体会被送进洗衣房。洗衣房里的工人们先将所有的尿液倒进脏衣桶里，然后光着脚跳进洗衣桶，使劲用脚踩，最后离开。最终的结果就是，衣服洗得干干净净，两脚泡得皱皱巴巴，还有一股久久无法散去的怪异味道。

恶心·预警！
如果你很敏感，千万别往下读······

尿液的成分
0.05%氨
0.18%硫酸盐
0.12%磷酸盐
0.6%氯化物
0.01%镁
0.015%钙
0.6%钾
0.1%钠
0.1%肌酐
0.03%尿酸
2%尿素
约96%水

想拥有和古罗马人一样的闪亮微笑吗？漱口水配方在此！

小便里藏着"黄金"

　　小便为什么是金黄色的？这个问题让人们百思不得其解。你可能不信，早在1669年，一位名叫亨尼格·布兰德的德国科学家，煮沸了一大桶尿液，希望能够从里面提炼出黄金。布兰德先是获得了一种糊状物，将其加热后，最后得到了一种能够在黑暗中发光的蜡状物质。由此布兰德发现了磷——后来人们用磷做成了火柴。磷虽然有用，却非常危险。

尿液很危险

1862年，一位美国科学家研发出了制作火药的配方，操作十分简单。配方里包含各种各样的排泄物，配料中写道："每周浇灌种类最丰富的液态肥料，例如尿液、粪水、厕所污水、化粪池污水和下水道污水等。每周都进行搅拌，几个月后，不再添加任何小便。"出于健康和安全的考虑，接下来的步骤就不详细介绍了，即便是这种程度也不能尝试用火柴点燃哦！

尿液里的惊喜

地球人口现已超过80亿。也就是说，全球人类每天能够产生大约120亿升尿液。这些液体足以将5 000个奥运会级别的游泳池灌满，只是你肯定不想在里面游泳！这些水量相当于尼亚加拉大瀑布奔腾1个小时的水量。换句话说，大量的尿液都被白白浪费掉了。

嘿，你知道吗？每个人每年排出的尿素，能够供汽车跑2 700千米呢！

猪尿中的尿素也派上了用场，人们正在用它们减少柴油车辆的碳排放量呢。

因此，如果能用上所有的尿液，就能生产出大量尿素。尿素是由身体内的蛋白质分解产生的，能够溶解在哺乳动物的尿液中。尿素里含有碳、氮和氧，人们能够利用尿素制成肥料、塑料和药品。不过，现在科学家们正在尝试将尿素变成能源。

由尿素供能的清洁能源汽车、房屋和电器设备已经在路上了。

尿液发电

2012年，在尼日利亚举办的非洲制造者展览会上，4名十几岁的女学生制造了一台小小的人尿发电机，当时给大家留下了深刻的印象。

女孩们想要向人们展示，生活在偏远地区的家庭该如何利用尿液发电。她们是这样做的：

·将一些尿液倒进电解池中。电解池是一个小小的容器，尿液在里面能够进行电解反应。

·产生的氢气通过一个过滤器进行净化，随后，将净化后的氢气推入一个气瓶中进行储存。

·燃烧这些氢气，使发电机运转，产生电能，这一过程不会产生温室气体。

你知道吗？

氢气是一种无色无味的气体，重量比空气轻，与氧气混合后，能够产生水。人体内（包括尿液里）有大量氢元素。当氢从水中被释放后，就会产生易燃烧的氢气。

尿液电池

尿液与矿物质和细菌混合也能产生电能，只不过需要借助一种特殊的电池。用少量尿液浸透细网状的纤维，接着微生物就可以食用尿液中的物质了。一眨眼的工夫，一堆"燃料电池"就释放出了能量，然后就可以为灯泡或手机供电了。科学家们希望通过这种技术为所有房屋和街道供电。这一技术还带来一个好消息：尿液在这个过程中被净化，因此残留的只有干净的水和一些固体物质，干净的水能够浇灌植物，这些固体物质则成为非常好的农作物肥料。

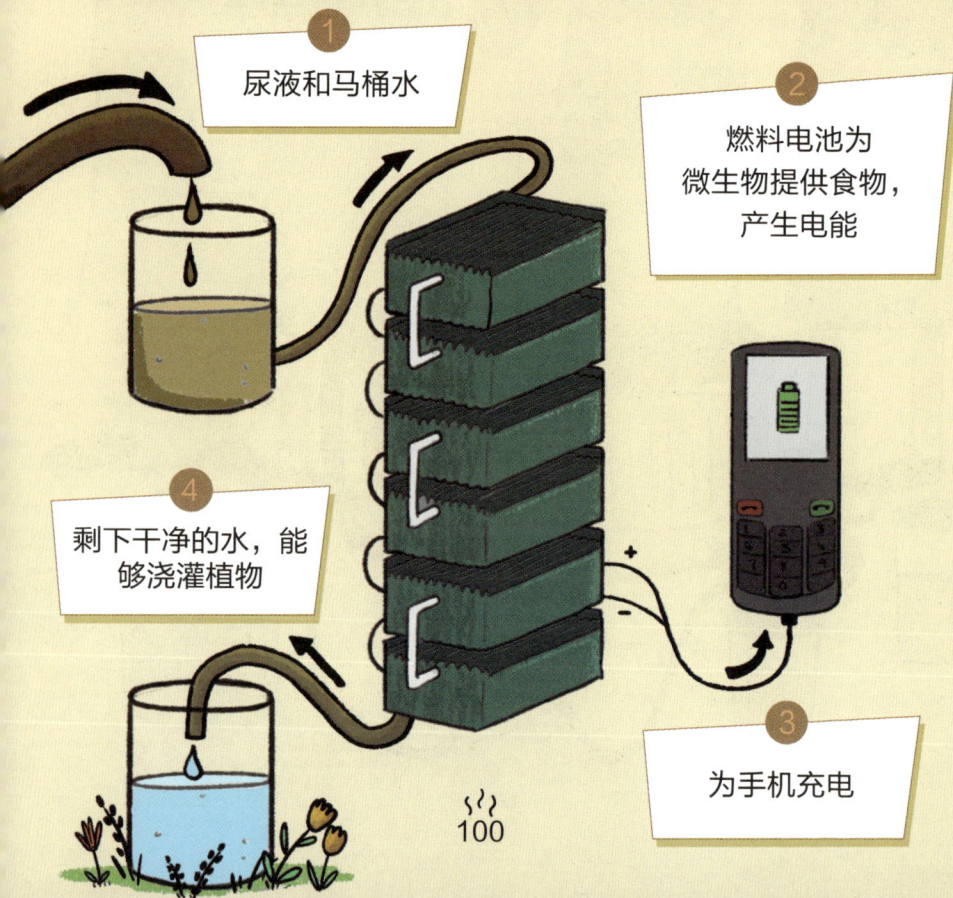

1. 尿液和马桶水

2. 燃料电池为微生物提供食物，产生电能

4. 剩下干净的水，能够浇灌植物

3. 为手机充电

100

电灯亮了

在非洲一些偏远地区的学校里，电力不够稳定，或者根本没有通电，学校只能自行发电。那怎么发电呢？没错，他们接通了马桶，利用所有的小便来发电。尿液一滴一滴落进燃料电池的电堆上，产生的电能足以点亮所有的电灯，同时还能为手机充电。在全世界，约有1/7的人无法获得基本的电力，因此，利用小便发电可不仅仅是想想而已！

未来很"便"捷

　　想象你正在一片丛林里执行任务，这时，有一个十万火急的消息要发送出去，可是你的手机没电了。你要如何快速充电呢？在偏远地区执勤的士兵们知道答案。军队里的科学家研发出一种叫"纳米铝粉"的物质，能够将尿液瞬间转化为氢气，从而为燃料电池迅速充电，生产清洁电能。

1千克纳米铝粉，就能够在短短3分钟内产生220千瓦的电能。用这些电能为电车充电，足够让它跑很多千米。随着这项技术的发展，没准儿我们就能看到利用尿液充电的电车了，不过加油站可不会直接给我们的车加尿液哦！

未来会怎样

小便能源能否与大便能源强强联手，成为未来能源的新生力量呢？它们能为全球没有通电的数十亿人带来光和热吗？这还不是全部。大便和小便都能产生氢气。如果你梦想未来由超级清洁的"绿色氢气"驱动，不妨期待一下接下来会发生什么吧！

小便是朋友、敌人，还是超级英雄？

103

第 8 章

屁股下的定时炸弹

便便能源的未来

　　将污水转化为清洁的氢燃料，从而取代化石燃料，这个设想似乎让人觉得不可思议，不过现代科学正在不断进步。现在，氢已经被应用在各类汽车上——在燃料电池上产生电能，或是作为内燃机的燃料。工程师们正在研究如何在汽车油箱中储存固态氢。这种方法能够让汽车储存更多的氢，从而跑更远的路。

关于氢的知识

☑ 地球上随处可见。

☑ 气体、固体和液体状态均可燃。

☑ 无污染的燃料，燃烧后只产生水。

☑ 便便和尿液都是氢的可再生来源。

☑ 科技在进步，使得氢燃料更便宜、更高效，且更易管理。

☑ 液态氢在高压和极低的温度下形成。以液态形式储存氢，比通常的气体形式储存更节省空间。液态氢长期以来一直是火箭的燃料。准备好起飞吧……

氢是如何工作的

　　液态氢与氧气混合，点火后就会燃烧。当燃料燃烧时，会喷出炽热的气体（水蒸气），推动火箭向上和向前运行，这一过程叫"喷气推进"。火箭的运行速度必须达到4万千米每小时以上，即每秒约12千米，才能够进入太空。发动机燃烧室的温度将达到3 315.6℃，可真烫啊！

你知道吗？

　　人类第一艘"火箭"诞生于公元10世纪的中国。人们在箭上绑上火药，将"火箭"发射到空中。直到20世纪40年代，火箭科学才真正开始腾飞。中国迅速将目标瞄准太空，现在，中国发射的太空火箭数量比其他国家都要多。

飞向月球

　　美国阿尔忒弥斯计划设定了这样的目标：2024年以前，将航天员送上月球并返回。届时，人类历史上第一位女性和第一位有色人种将会登月，并展开月球探索的任务。但是他们得知道一件事，虽然排出来的便便一直在身后，但在月球上，便便可能会飞到他们面前。

太空中的便便

美国国家航空航天局（NASA）正在研究一种方法，将航天员的便便转化成太空中的沼气燃料。NASA认为，航天员能够在一次地月往返飞行中生产足够的火箭燃料。如果在旅途中生产燃料，那么火箭需要携带的燃料就会变少，未来飞行将更加高效。

太空科学家们也在研发一种燃料电池。这种电池能够从宇宙飞船上的便便中提取电力。在一趟为期两年的火星之旅中，6名航天员会排泄数吨便便，这可是庞大的电力来源。这些愿望什么时候会变成现实呢？让我们一起拭目以待吧。

禁止大小便！

哈哈！

月球便便数不清

　　如果登上月球，一定要小心脚下。航天员在月球上留下的垃圾非常多，当然包括一袋袋的便便。这些便便很可能永远都不会腐烂，因为月球上没有细菌来吞食它们。即便如此，一些科学家还是热衷于探究，想看看便便里的细菌有没有存活下来，或是逃跑了！

"不明飞行物"

　　生活在国际空间站里的航天员会在一只小小的马桶洞洞里大便，真空泵随后会把他们的排泄物吸走。这些排泄物先是被储存在某个容器中，之后被喷射到太空中，在飞向地球的过程中燃烧殆尽。没错，说不定我们在天空中看到的流星，其实是在大气层中燃烧的航天员的便便。至于他们的尿液……可一点儿都没浪费。所有的尿液都会被净化得干干净净，最后再次变成饮用水。可真方"便"！

那是飞机吗？
还是一颗流星？
不，那是一坨
超级便便！

内裤被"吃"掉了

　　航天员的废弃内裤也能好好利用。俄罗斯的科学家们想出一个办法，他们利用细菌将航天员穿过的棉内裤和纸内裤分解掉。细菌在分解废弃内裤的同时，还会产生沼气，这些沼气能够为航天器提供燃料。你或许觉得这没什么大不了，但说不定哪一天，脏兮兮的内裤能帮助我们登上月球呢！

顺理成章

清洁液态氢能够让火箭发射进太空，那它为什么不能为地球提供更多电力呢？如果便便能够产生氢，那地球的未来将更加充满希望。这是对今天的我们提出的巨大挑战。或许，你也可以为我们的地球出一份力。

明天的世界

由身体排泄物生产的燃料虽然存在诸多问题，但仍然有许多优点。不过，氢的成本有待降低，利用率有待提高。如果液态氢温度升高，就会蒸发，这也就意味着在太阳底下闲置几天的汽车有可能会将燃料耗尽。即便如此，许多迹象都表明，以氢为燃料的清洁汽车仍然是绿色出行的未来。氢能列车已经开始在轨道上奔驰，一些飞机也已经用液态氢作为燃料——尽管飞行成本远远高于一般喷气式飞机。如果我们只选择使用清洁燃料的航空公司出行，或许我们也能让事情有所改观。

读到这里，你怎么看……便便是朋友、敌人，还是超级英雄？

风声呼啸

在全球各地，巨型风力发电机在"呼呼"飞转，产生了大量清洁电能。在大型风力发电厂里，多台涡轮发电机在运转，为数百万个家庭提供照明和暖气。中国甘肃的风电基地是全球最大的风电场，它的目标是安装7 000台风力发电机。这足以为1 500万个家庭供电！就算是海上的一台风力发电机，也足以为3 000个家庭供电。

风力发电机最典型的外观就是这些带有白色叶片的高塔。工程师们也一直在寻求更高效的替代设计，包括迎风转动的无叶片涡轮机等。

无叶片涡轮机

水力发电

数百年前，人类就学会了利用奔腾的水流驱动机器飞速运转。当水流驱动发电机时，能够产生超级清洁的电能。在大型水库处建造拦水大坝，之后通过管道释放水流，喷射而出的水流就能驱动水轮机产生电力——全球有大量电力是利用这种方式产生的。目前，全世界超过一半的可再生能源是利用水力发电产生的。世界上最大的水力发电工程是中国的三峡大坝。大坝能够为大约1 700万个家庭供电。那可是海量的电力！

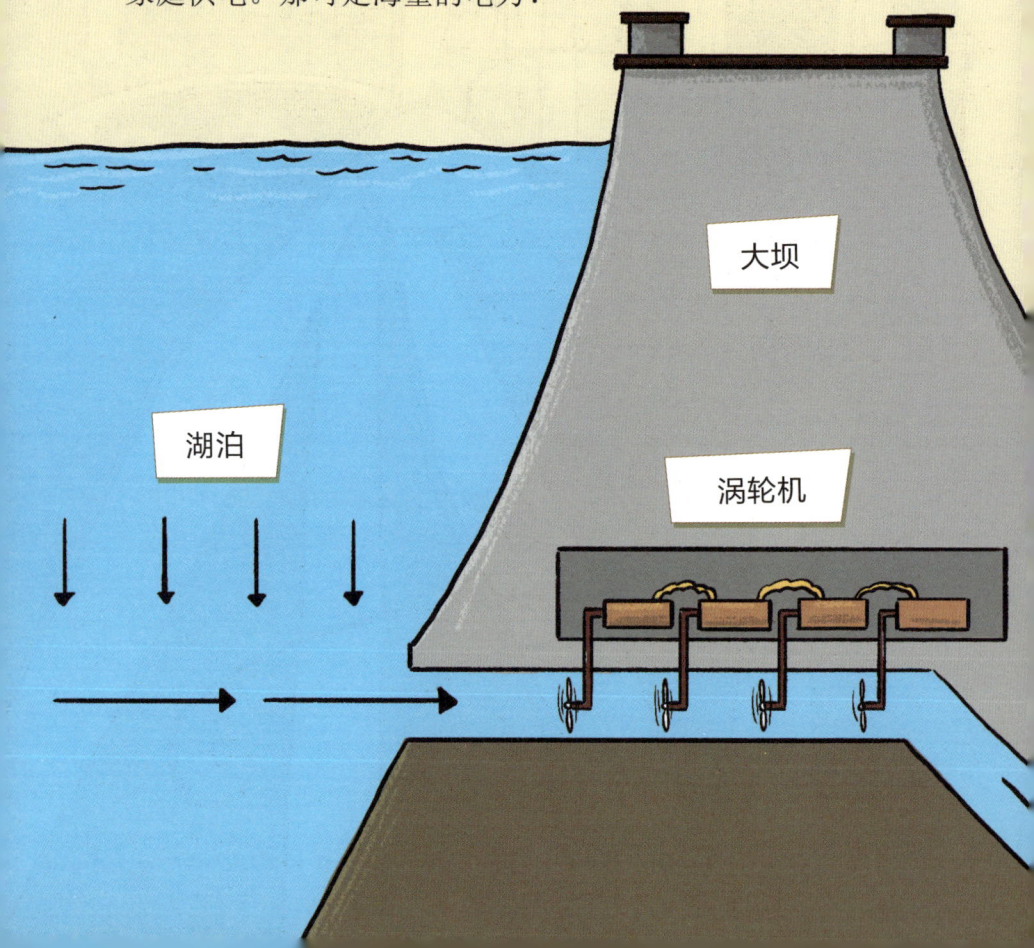

大坝

湖泊

涡轮机

阳光正好

　　一块块太阳能电池整整齐齐地装在大型面板上。面板正对太阳，能够将太阳光直接转化为电能。太阳能电池无需移动，也不需要燃料。想让它们正常运转，只需要保持电池清洁即可。在太阳能发电厂内，一排排大型太阳能电池板整齐划一，能够为数百万个家庭提供清洁电能。小型太阳能电池更多会用在建筑物、路标、公交车站上，甚至装在背包上，为手机和平板电脑充电。

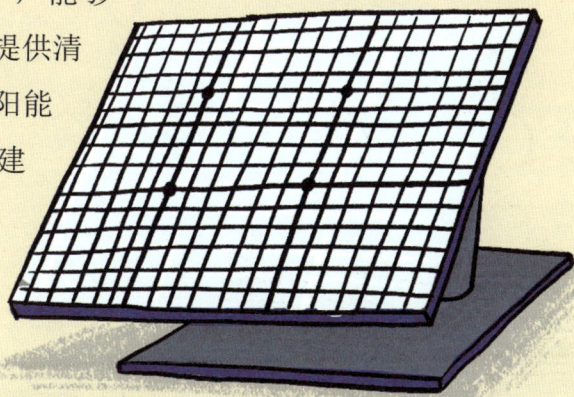

发电设施

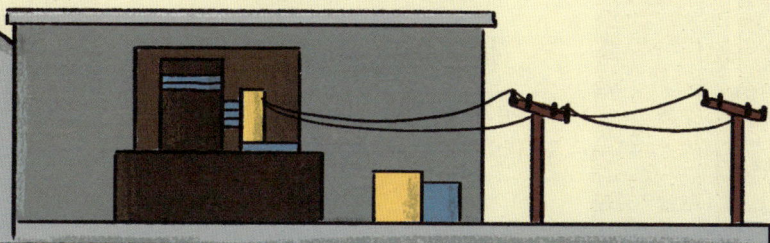

地热能

如果往地下钻孔，只要钻得足够深，就会钻到炽热的熔岩层。地球内部的热能也能为人类提供清洁能源，我们把它叫作"地热能"。地，指的是地球；热能，表示热量。在冰岛，炽热的熔岩层离地表很近，人们会利用地下能源进行取暖。

冷却塔

发电机

涡轮机

蒸汽

冷水

热水

地下热水通过管道进入冷凝器中。等到水流冷却后回流到地下，进行再次加热。

其实，冰岛的电力供能最为清洁。冰岛几乎100%的电力来自可再生能源：72%来自水力，28%来自地热能。

你能得出什么结论？

虽然清洁燃料将在未来发挥重要作用，但目前仍有不少缺点：

风能——并不是随时都会刮风。

太阳能——并不是随时都会有阳光，比如晚上。

水力发电依赖大量的水和降雨。建造大坝和水库成本高昂，而且会损害当地的生态环境。

地热能不适合熔岩层太深的地区。

至于便便能源，以上问题都不存在，而且便便供能是永无止境的！到2030年，所有的生物质能加起来，预计将成为全世界数量最大的可再生能源（用来供暖和供电）。

总结一下

　　气候变化就发生在我们身边，而且目前看来并不会消失。对此，人类应该负大部分责任，尤其是较为发达的国家。全球变暖是对全人类的威胁，许多国家都在努力做出改变。人类有很多机会和解决方案——便便就是其中一种。对地球的未来来说，如何回收人类的便便显得至关重要。你准备好迎接挑战了吗？

爱护身边的环境是每个人都能做到的事情。我们只需要动动手，从小事做起，就能够减少个人释放到空气中的二氧化碳。因为个人的能源需求而释放的温室气体被称作"碳足迹"。将来，不仅要求水处理公司用更优质的方式循环利用污水，我们每个人也要从小事做起，身体力行为环境保护做出贡献。

　　下面来介绍一下我们每个人能做哪些事情。

节约能源

· 随手关掉电灯、电视机等各种家电。
· 在使用洗碗机、洗衣机和烘干机时，尽量将碗筷、
  衣物等装满。
· 烧水时，喝多少烧多少。
· 使用节能灯泡。

你可以做这些事情

节约用水

· 洗澡速度要快。
· 刷牙时，关掉水龙头，不要让水白白流走。
· 收集雨水浇植物。

多种植物

· 建议学校种植一些吸收二氧化碳的植物、灌木
  和树木等，或自己种。
· 种一些蔬菜，利用厨余垃圾做成堆肥，非常有
  趣，值得一试。
· 请父母从当地农户那里买东西，减少运输过程
  中产生的二氧化碳。

废物利用

- 将玻璃、纸张、罐头、塑料和衣物等投入正确的垃圾箱。
- 使用能够多次循环利用的各种袋子，尽量不要用塑料袋。
- 使用能够多次装水的瓶子或水杯，不要使用一次性塑料瓶。

拯救地球

认真选择

- 吃当地的当季食物，减少包装和空运。
- 少吃肉，减少对集约化养殖的需求，因为这一过程会消耗大量谷物，并产生甲烷。
- 选择步行或骑自行车，比开车出行对你和地球都更有好处。
- 多穿一件毛衣，多盖一条毯子，而不是打开暖气或空调。

污水意识

如果能够确保冲厕所时，只冲3P（Poo、Pee、Paper，大便、小便和卫生纸），那么我们就已经在帮助污水处理厂回收利用厕所垃圾了。除此之外，其他物品都有可能造成马桶堵塞，或是阻碍细菌分解沉淀物。也就是说，不能将湿纸巾、棉絮、棉签、吃剩的食物或普通垃圾倒进马桶里，能倒的只有水。如果将无法被生物降解的固体和FOG（Fat、Oil and Grease，脂肪、油和油脂）冲下马桶，就会积聚成大大的固体硬块，这些巨大的脂肪块会对下水道造成很大的破坏。

了解更多

为什么对我们的地球来说，找到绿色的供能方式非常重要？这本书已经帮助你了解了其中一部分原因。

好好利用当地的图书馆，去学习更多相关的知识，看一看你还能做些什么。让我们携手保护我们称之为"家园"的这个美好的星球吧！

你知道吗？

　　在人类历史的长河中，包括现在的一些贫困地区，人们会用报纸、传单，还有书本的纸擦屁股。希望你不要用这本书来做这种事哦！

友好的冲厕建议

只扔卫生纸

重大争议——上面？

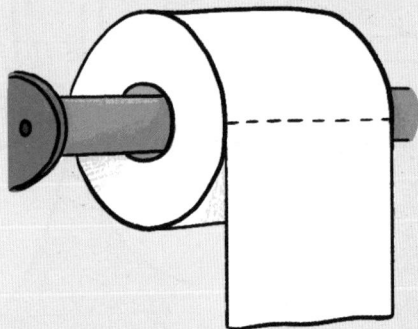

其他物品
（就算是标着可冲也不行）

还是下面？

虽然现在卫生纸使用起来非常方便，可是一些家庭还是会为怎么放卫生纸而吵个没完！

拯救世界

我们每个人的肩头都扛着地球的未来。现在，很多国家都在为节约能源和增加可再生能源而努力。气候变化仍将是人类要面临的严峻挑战，解决碳排放和垃圾回收问题可能需要我们付出数十年的努力。或许，全世界的领导人都会支持便便能源，愿意坐在一起，推动这项技术的进步！

冲走厄运

虽然在未来几年里，地球可能会面临气候变暖的挑战，不过我们仍有时间采取行动。但是，问题仍然存在——便便真的能拯救世界吗？

如果我们齐心协力，那么便便一定大有可为。当然，便便以一己之力很难拯救世界，但是它削减碳排放的潜力不容小觑。世界会让便便成为新的超级能源吗？你会为此投上一票吗？对很多人而言，这个议案已经通过了！

屎黄色是新的绿色！

保持地球清洁——它不是你家的厕所！

"便"宜行事！

我们没有第二个地球！

便便疑问知多少

测一测你对便便了解多少。

注意，只有前3个问题在本书中出现了！

Q1: 化石便便叫什么?

☐ a. 粪化石

☐ b. 恐龙石

☐ c. 便便石

Q2: 一辆利用便便沼气运行的汽车俗称为什么?

☐ a. 小粪维尼

☐ b. 大众屎壳郎

☐ c. 排泄物四人座

Q3: 为什么鲸鱼的粪便对海洋生态系统十分重要?

☐ a. 它为海洋表层生物提供营养

☐ b. 它使深海贝类生存的海床变得柔软

☐ c. 它能够将危险的鲨鱼赶跑

Q4: 为什么天竺鼠吃它们自己的粪便?

☐ a. 为了气父母

☐ b. 因为粪便的味道像奶糖

☐ c. 为了摄入额外的维生素

Q5：在第二次世界大战中，为什么英国人把炸药做得像骆驼粪？

☐ a. 因为意大利士兵在沙漠行军时，最爱把粪便踢开

☐ b. 因为英国坦克手认为用坦克压骆驼粪会带来好运

☐ c. 因为日本士兵在烧营火时，会用上骆驼粪

Q6：河马拉便便的方式有什么不同之处吗？

☐ a. 它们会甩起尾巴，把粪便扬得到处都是

☐ b. 它们会先挖一个坑，然后滚进去

☐ c. 它们会两腿站立拉便便

Q7：为什么大象宝宝会吃妈妈的粪便？

☐ a. 为了逗象爸爸开心

☐ b. 为了驱赶捕食者

☐ c. 为了利用有用的肠道菌群，改善它们的消化系统

Q8：船上的厕所以前叫什么？

☐ a. 船头（The head）

☐ b. 船尾楼甲板（The poop deck）

☐ c. 长约翰（The Long John）

Q9：下面哪一个是你能够购买的真实商品？

- ☐ a. 狐狸粪肥皂
- ☐ b. 睡鼠粪便糖
- ☐ c. 熊猫便便茶